「老照片」

红色记忆

峥嵘岁月

《老照片》编辑部 编

山东画报出版社

图书在版编目(CIP)数据

峥嵘岁月/《老照片》编辑部编.--济南：山东画报出版社，2021.6
（老照片.红色记忆）
ISBN 978-7-5474-3892-3

Ⅰ.①峥… Ⅱ.①老… Ⅲ.①革命故事—作品集—中国 Ⅳ.①I247.81

中国版本图书馆CIP数据核字（2021）第067570号

Zhengrong Suiyue
峥嵘岁月
《老照片》编辑部 编

责任编辑 赵祥斌　王伟辰
装帧设计 王　芳

出版 人 李文波
主管单位 山东出版传媒股份有限公司
出版发行 山东画报出版社
　　　　社　　址　济南市市中区英雄山路189号B座　邮编 250002
　　　　电　　话　总编室（0531）82098472
　　　　　　　　　市场部（0531）82098479　82098476（传真）
　　　　网　　址　http://www.hbcbs.com.cn
　　　　电子信箱　hbcb@sdpress.com.cn
印　　刷 泰安市富蓉印刷有限公司
规　　格 140毫米×203毫米　1/32
　　　　　 8印张　136幅照片　120千字
版　　次 2021年6月第1版
印　　次 2021年6月第1次印刷
书　　号 ISBN 978-7-5474-3892-3
定　　价 30.00元

本社对全部图片及文字享有专有出版权，任何单位和个人使用本书作品，须经本社同意。
如有印装质量问题，请与出版社总编室联系更换。

写在前面的话

1996年底,山东画报出版社的《老照片》丛书一经面世,即以别开生面的图书样式、回望历史的新颖视角,受到读者的广泛欢迎,并引发了风靡全国的"老照片文化热"。《老照片》的成功出版,开启了中国出版业的"读图时代",相继被业内权威媒体评选为:新中国出版业五十件大事;1978—1998二十年难忘的书;改革开放30年来最具影响力的300本书;共和国60年60本书;改革开放40年40本畅销书等。

作为一种陆续出版的丛书,《老照片》以"定格历史、收藏记忆"为己任,至2021年4月,已出版了一百三十六辑,共刊出各种历史照片一万三千余幅,相关的文字一千三百万余言，从一个独特的视角，为百多年来中国人的生存与发展，留下了一份形象而鲜活的记录。二十五年来，《老照片》出版了大量中国共产党领导的革命和建设的有关文章，受到了大众读者的喜爱。这些带着体温的私人记忆，年长的读者可以借此回望激情燃烧的岁月；而青少年读者则可以借此走进那不平凡的岁月，见微知著，从中感受时代脉搏的跳动。

在中国共产党建党一百周年之际，《老照片》编辑部编辑了这套红色记忆系列图书，首推的两种是《峥嵘岁月》和《保家卫国》。这两种图书的文章皆从《老照片》中精心挑选，文字质朴平实，感情自然真挚，内容波澜壮阔，具有较强的时代感和使命感。《峥嵘岁月》集中收录了1921年至1949年革命时期的文章，如反映红军战士日常生活的《日常生活里的红军战士》《1936年：东征期间的两张红军合影》，反映中共地下党革命历程的《朱枫的家国情怀》《地下党忆往点滴》，反映战斗生活的《父亲亲历"地道战"》《我的战地摄影生涯》，等等。《保家卫国》则集中收录了新中国成立后基层干部群众保家卫国的文章，如反映新中国成立初期公安工作的《公安派出所纪事》《解放初期的派出所所长》，反映抗美援朝的《"万岁军"中一女兵》《追寻罗盛教》，等等。

我们期待这套红色记忆系列图书,在为建党一百周年献礼的同时,为更多的青少年读者提供一条穿越时光的记忆之船,使其在波澜壮阔的历史长河中,读懂大历史,读懂大时代。

山东画报出版社《老照片》编辑部

2021 年 4 月

目　录

日常生活里的红军战士　杨　筱 ——— 1

1936年：东征期间的两张红军合影

　　毕醒世 ——— 4

朱枫的家国情怀　朱　霞 ——— 10

我的父亲母亲　刘厚军　刘沪民 ——— 16

父亲亲历"地道战"　高石英 ——— 29

四哥是个新四军　沈　宁 ——— 33

从姥姥的信说起　杨瑞兴 ——— 48

美联社记者韩森的红色之旅　王　淼 ——— 75

地下党忆往点滴

　　郁云明　口述　陈卫平　整理 ——— 98

我的战地摄影生涯
　　　　赵　淮 口述　李俭朴 整理 —— 106
当过平原游击队员的父亲
　　　　孙进军 口述　孙红山 整理 —— 129
从战火中走来　李绪志 —— 143
辗转白山黑水间
　　　　郑广江 口述　孙瑞安 整理 —— 158
保卫延安的前前后后　姚德怀 —— 174
"土包子"进城　袁锡钦 —— 185
1949年：参加接管北平　刘　乡 —— 192
50年后忆参军　邢志远 —— 202
爷爷与他的"江防舰队"　胡大进 —— 217
奶奶参军记　王雨晨 —— 224
父亲程玉西为什么没有去台湾　程天爵 —— 240

日常生活里的红军战士

杨 筱

在重庆博物馆里,藏有一张四川大巴山区川陕革命根据地的红四方面军战士日常生活情景的照片。似乎是炊事班的几个女战士,在一个阳光院落里极为愉快地交谈,从她们欢笑声周围似乎传出山区各种自然的鸣响,显得安然而静谧。从画面看,这是一个小小的随便组合的年轻群体。馆里还珍藏着一本红一军团(属红一方面军)的号谱,征集自古蔺(赤水流域)。它是一名留在当地的叫谢金澄的红军司号员保存下来的,他从瑞金通讯学校一直走到这里,因病被安排留下。号谱的封面几页已佚。谢金澄说:"那可不是弄丢了的呵!上级领导发这本号谱时说,宁牺牲生命也不能丢掉号谱。因为前面的几页已经磨烂成丝丝了,我就把它嚼来吃了。"还

有什么方式比这更牢固和永恒的呢?在他们的心中,一切都单纯得只有一根弦,那就是革命。关于革命,1929年古田会议提出红军三大任务:生产、打仗、发动群众。对于红军战士来说,这就是革命的具体内容。照片上的红军战士们就处于这种纯粹的状态。

红四方面军于1932年底进入川北,进而以暴风骤雨般的态势席卷通、南、巴山区,建立了川陕革命根据地和苏维埃政权，进行了种种社会改革和建设活动。开展妇女解放运动和土地革命，组织贫农团、青年团、童子团、少先队、互济会、查田队等前所未见的革命团体，开办邮局、学校、工厂、国家商店、工农药房等，四方面军广开悬壶济世之门，推广传播现代医学和人道主义。种种都是大巴山区开天辟地以来从未有过的革新和创举，破天荒的解放和革命。老人们说："那时的人小小年纪就是大干部了。"毋庸置疑，处于深山老林与世隔绝的大巴山区的社会历史来了一个兜底大翻转，射进了新的阳光，这使大巴山区的甚至几家人才有一床破絮的苦难人民刻骨铭心。大巴山区的树木岩石、河边路口、村镇城市无不布满红军的机关、工厂、标语、口号、布告，它们深刻地影响着大巴山区人民的生活进程，并由此推动中国社会革命的进程。

红军时期的照片本来不多，我们看到过红军首长的照片，以及行军、打仗、开会等重大场面和事件的照片，但是如此普通的红军战士日常生活的照片却比较少见。红军战士恬然简朴的心灵和坚定而完整的性格，栩栩如生地从历史中浮现出来，我们似乎随便在哪一个南方的风雨渡口都能够找到他们。

选自《老照片》第三辑

1936年：东征期间的两张红军合影

毕醒世

这两张红军战士的合影拍摄于1936年，拍摄地为陕北清涧县。从摄影史角度来看，它足以证明，这一时期，穷乡僻壤的陕北小城清涧县已经有了像模像样的照相馆了，而且其摄影水平、照片的装裱水平都与大城市的照相馆没有差别了。就这两张照片本身来看——普通红军官兵到照相馆拍摄的合影——也是极其罕见的。

最著名的红军肖像照，即毛泽东戴八角帽、穿红军服的照片，是美国记者斯诺于1935年7月在陕北保安县所拍摄。许多红军将领的肖像照基本上都是由记者或其他自由摄影师拍摄的，很少发现有在商业性的照相馆拍摄的。

这两张红军照清晰度很高，可以从照片上人物的着装、

图 1 图注:"1936年,在陕北与战友乔志刚、郭立德合影。"

图2 1936年,在陕北与战友宣立军和他弟弟合影。底衬上印有"新生照相馆,陕北清涧县"的中文。

配饰中看到丰富的细节。红军官兵的服装是崭新的,而且上衣纽扣是金属的。用高倍放大镜可以看到他们军帽上的缝制红五星的针线脚;所穿的布鞋也是新的,而且是当时山陕两省流行的"牛鼻梁鞋"。他们腰间系有皮制子弹袋,插有装着满弹夹子弹的驳壳枪。从这些稚嫩的脸上可以看出,他们的年龄都不大,最多也就二十岁左右。

由照片主人在两张照片上题写的文字中可以得知:一、这是照片的主人与战友乔志刚、郭立德的合影(图1),以及与战友宜立军及宜立军之弟的合影(图2);二、拍摄时间为1936年,地点为陕北。

两张照片使用了同一张布景,说明是在同一个照相馆拍摄的。封三照片的底衬上印制了照相馆的标志:图案标识为一架飞机,机翼上都写有"新生"的字样;飞机的下方有中英文标识,英文为"HSIN SHENG ART PHOTO STUDID",中文为"新生照相馆　陕北清涧县"。

红军、1936年、陕北清涧县。这三个要素给我们提供了探究两张红军老照片所反映的历史的重要路径。

1935年10月,中共中央及中央红军(红一方面军)长征到达陕北。1936年2月,中共中央发布了《东征宣言》,宣布"为实现抗日,渡河东征"。同时组建中国人民红军抗日先锋军总指挥部,由彭德怀任司令员、毛泽东任政治

峥嵘岁月

委员、叶剑英任参谋长，下辖红一军团、红十五军团和新编的红二十八军、二十九军、三十军，共两万余人。

此时，清涧县成为红军东渡黄河的桥头堡和总后方。4月14日，红军将领刘志丹在山西中阳县三交镇的战斗中光荣牺牲。

红军东征历时七十五天，在军事上、政治上都取得了重大胜利。在军事上，给阎锡山的晋绥军以沉重的打击，迫使"进剿"的晋绥军撤回山西，恢复和巩固了陕北苏区。这期间，有八千多名青壮年参加红军，壮大了红军的力量；筹款五十万元，并获得一大批军需物资，缓解了红军抗日经费与物资缺乏的困难。

东征结束，红军退出清涧县。1936年6月，国民党汤恩伯第十三军"进剿"清涧县，并直入绥德等多个县。

与以上史实相联系，我们对于这两张红军合影所反映的历史细节就有了进一步认识：

一、照片拍摄的具体时间应为5月份。陕北的春天十分寒冷，人们不可能穿单装，照片上的人物穿着单军装，其拍摄时间应该在5月初之后。

二、红军装备得到补充。两张照片中的红军官兵穿的都是新军装。根据史料记载，红军第一批制服是在1929年3月攻下了闽西重镇长汀城后，仿照苏联红军的军装和列宁戴过的八角帽式样赶制了四千套军装。之后，各方面军仿照这批制服制作了大批军装。红军长征时期，各方面军的给养虽然得到不同程度的补充，但是经历了春夏秋冬四季，他们的着装早已五花八门、衣衫褴褛了。这两张照片给人们提供了一个重要的历史佐证：东征胜利后，红军服装得到了一定的补充，而且质量非常好。照片中的红军官兵装备精良，腰系子弹袋，腰插装着满弹夹子弹的驳壳枪，装扮非凡，难得一见。可以推断，这是东征后红军的武器弹药得到大量补充的结果。

三、陕西、山西大批青年加入红军队伍。通过互联网搜索，一时还难以查明这些红军官兵的身份；查询陕北红军名录，也还没有找到结果。但是，可以初步推断，他们可能是保卫大首长的警卫人员；从年龄及姓氏推断（陕北子长县和山西省部分县宜姓居多），他们中有可能有山陕籍人士，这当然也与东征红军得到扩充有关。

选自《老照片》第一三四辑

朱枫的家国情怀

朱 霞

2019年是新中国成立七十周年,也是朱枫在台湾英勇就义六十九周年。

朱枫是我的三婶,此时此刻,我翻阅家庭影集时,目光停留在一张照片上,那是摄于1939年5月中旬,朱枫在浙江云和与家人的合影。这张照片引发了我的无限思念,我不禁回忆起朱枫高尚的家国情怀。

温馨团聚 送女从军

浙江云和是朱枫最欢乐和最难忘的地方。淞沪会战烽烟突起,我家从上海逃难至武汉,再到湖南常德转至浙江

朱枫和家人的合影。中间是抱着儿子朱明的朱枫,她右边的女孩是沈珍,前排的女孩是朱晓枫;后排最右边站立的女孩是我,我左边是祖母,祖母的左边是姑姑;前排的两个小男孩是姑姑的两个儿子。

云和安家。此时,为革命奔波多年的三婶中年得子,因哺育婴儿而获得在家短暂休息,并同离多聚少的儿女团聚,真是喜从心生!照片中朱枫灿烂的笑容反映了她此时欢畅的心情。然而这种温馨欢畅的团聚,仅此一次。

朱枫对家人对儿女温柔关爱。她的大女儿沈珍是个聋哑人,为使女儿长大后有一技之长,能够独立生活,朱枫教授她习字作画、刺绣、缝纫等技艺。女儿也很聪慧,继承了母亲的才华和优秀品德,深得家人的喜爱。令人惋惜的是，因时局恶化，在从云和逃难至广西桂林时，大女儿染病身亡。云和竟成了朱枫与大女儿最后的相聚之地。

朱枫深爱子女，心系国家的前途命运，对孩子的教育倾注了家国情怀。在她哺育儿子不满10个月时，就将儿子交托我姑姑抚养，回到浙江金华从事革命工作。此时，她会同我党派遣的两位同志帮助台湾爱国志士李友邦筹建"台湾义勇队"。建队之初，经济困难，她不仅慷慨解囊，捐款八百元资助，而且毅然决然将二女儿朱晓枫送进台义队少年团，锻炼成长。台湾义勇队的生存环境极其艰苦，我姑姑的两个男孩子在进队后相继染病身亡，而朱晓枫则坚强地经受住了考验，于1946年从台湾回到上海，三个月后又被送往苏北解放区，由我党培养并成为有所成就的军医。

我是我们家这些孩子中的幸运儿。母亲早年去世，弟弟则在逃难途中夭折，我成为父辈三兄弟中老大的独苗，备受大人们的爱护。在叔叔婶婶们的教育下成长，在新中国成立前参加了工作。

革命伴侣　患难与共

朱枫和爱人朱晓光（我三叔）是革命战友，他们被新知书店派往新四军驻地安徽云岭，建立随军书店。书店最多时有十多位工作人员，后来只留下朱枫夫妻二人。朱枫出身大家闺秀，受过良好教育，才华横溢，意志坚强，能干，里外都是一把好手。她不仅照管门市，还经常外出送书，甚至携书通过敌人封锁线送往江北。有一天，陈毅路过书店，驻足询问是谁写的书籍宣传文字，得知是正在店里打算盘的朱枫写的时，称赞说："这字写得蛮有功底啰！"

1941年1月，发生了震惊中外的皖南事变。当新四军奉命北移前，朱枫按"老弱病残"人员提前撤离，爱人朱晓光留下，并在事变中不幸被捕。这让朱枫心急如焚，万分关切爱人的下落和生死。她探听到爱人被囚于上饶集中营，在得到组织的批准和协助后，勇敢机智地三进集中营探监。她带去的药品，不仅挽救了病危的丈夫，而且为他后来成功越狱提供了帮助。

朱晓光与狱友蔡谟成功越狱后，辗转回到浙江云和家中，朱枫受组织委派前来接济救援。她陪同丈夫躲藏在山上疗养伤病，既要开荒种些蔬菜，还要经常下山回家，背些米面油盐回山中。生活虽然艰苦，但患难夫妻相逢，心里也是甜蜜的。

在云和山区避难、养病数月后，敌人闻风追捕，患难夫妻不得不辗转数省到达陪都重庆。三叔向八路军驻重庆办事处汇报皖南事变和上饶集中营实情后，周恩来指示待车送往延安。但等待多日仍无法前行,又闻追捕之声,只好按组织安排又一次长途跋涉转回敌占区上海。在敌人不停追捕的险恶环境中,朱枫坚毅、勇敢、机智,艰难地陪伴爱人转移成功,重新投入革命事业中。对此次大转移,三叔感慨地说:"三十功名尘与土,八千里路云和月,我和朱枫生死与共,形影不离。"

大义凛然　勇闯虎穴

在浙江云和的日子里,朱枫享受到了最温馨的家庭生活,自此之后,再难有家庭团聚,与丈夫更是劳燕分飞。朱晓光从上海转山东,经大连到达哈尔滨。解放战争中又随四野入关南下,参加沈阳、天津、北平接管工作后抵达上海,建立上海新华书店和国际书店。朱枫则一直留在上海从事党的财贸及情报工作,后转赴香港。

在解放战争节节胜利,新中国将要成立之时,组织批准朱枫交接工作,准备回内地。久别将要与家人重逢的喜悦心情,使她在近两个月内写了十余封信告知丈夫,并关切地说:"听说你染上了肺病,虽然我不是医生,但我终以为我来之后,对你可能有一些帮助,至少在精神上能给你安慰。"情意绵绵,归心切切。正当她已交代完工作,准备回到祖国怀抱时，组织上临时调她潜入台湾，完成一项重要使命。此时的她既憧憬归家的欢聚，又感任务重大，逃亡台湾孤岛的敌人"困兽犹斗"，会更疯狂，此行必定危险重重。共产党人的情感是深厚的，当家国情怀发生尖锐冲突时，朱枫的思想也产生过激烈斗争，也曾将这种矛盾心情向领导吐露过，但最终抉择是舍小家，为大家，接受党交给她的任务。她立即将带在身边的小儿子委托同事带回内地，并写信告知丈夫："将出外经商，有几个月逗留，个人的事情暂勿放在心上，更重要的事应先去做。"

潜入台湾后，朱枫以其机智果敢的行动，与台湾地区党的主要负责人和潜伏在国民党内的1号情报员吴石将军取得联系，并安全地将具有重大价值的情报送回。任务完成，正待返回大陆时，台湾地下党主要负责人被捕叛变。一个地区的主要负责人叛变是致命的，不仅出卖潜伏在敌营中的重要情报人员，而且催毁了整个地区的地下党组织。然而，一个外表看似柔弱的女子，内心是坚强的。严刑拷打不低头，甜言蜜语不弯腰。在新中国成立后的1950年6月10日，朱枫与吴石将军共赴刑场，英勇就义。

选自《老照片》第一二八辑，文字有增删。

我的父亲母亲

刘厚军　刘沪民

早年生活

我们的父亲刘斌，1916年5月出生在山东枣庄一个回族家庭。由于家境贫穷，弟弟、妹妹又多，所以作为长子的他从小就随爷爷做小工、挖河泥，十六岁下矿井挖煤，用自己的双手与爷爷一起挑起了全家的生活重担。母亲李玉，今年（2016年）九十六岁，也是回族。外婆去世得早，外公续弦后，又有了三个孩子，继母对她不好，吃了不少苦。

1938年3月18日，日本鬼子占领了枣庄。第二天，父亲经过鬼子的岗哨时，没有给鬼子兵鞠躬，几个鬼子兵围上来将父亲痛打了一顿。第三天父亲就和全家人逃到了山里。后来，舅爷爷李微冬（回族，枣庄共产党早期领导人之一）在山里找到父亲，让跟他一起去抗日。舅爷爷以前经常给父亲讲革命道理，多次动员父亲跟他干革命。父亲不想把全家的生活重担都扔给爷爷，所以一直没同意。那时父亲就意识到舅舅是共产党，这一次说要抗日打鬼子，父亲立刻同意了。爷爷奶奶也深明大义，支持父亲去。1938年4月，父亲跟着舅爷爷来到了枣庄西北的墓山，在那里参加了鲁南抗日义勇队，一开始担任供给员。1939

图1 1944年间，新四军六〇团曾攻占过枣庄镇，后因日军从临城（现薛城）派兵增援便主动撤出。这是进驻期间与枣庄镇民政干部的合影。前排左二是父亲。

峥嵘岁月

图2 1946年2月,枣庄第一次解放,枣庄镇首次成立了以回族干部为主的人民政府,镇长刘斌、镇委书记李宗海、副镇长李振哲、工委组织干部魏传璞、妇女干部李玉等人都是回族干部。图为1946年3月,父亲在枣庄清真寺前与部分镇干部的合影,左二是父亲,右二是李宗海。

年3月,父亲由纪华、渠维英介绍加入了中共,不久被调到宣传队工作,相继担任副队长、队长。宣传队有四十多人,绝大多数都是有文化的青年,非常有朝气。部队行军时,宣传队同志先跑到队伍的前面,说快板、喊口号,进行宣传鼓动;部队过去了,又追到前面继续进行宣传鼓动;战斗打响后,就组织担架护送伤员。1941年初,八路军一一五师的教导二旅来到鲁南,父亲所在部队就被整编为

——五师教导二旅五团。

寻亲历险

日本鬼子占领枣庄后,枣庄街上参加抗日队伍的人很多。那时我母亲已经和父亲订亲。母亲和其他抗日家属们经常天黑后偷偷地到李汝佩(回族,枣庄第一位女共产党员)母亲(母亲称她大娘)家里,听她讲部队的情况,如女人和男人一样穿军装、扛枪、识字等等。在她的影响下,母亲决心去找父亲,参加八路军。

1941年5月的一个晚上,大娘准备带着包括母亲在内的五个女青年逃走参加八路军。那天晚上,等家里人都睡着后,母亲悄悄翻墙出去。到了大娘家,等来等去就是不见其他人来。眼看快到下半夜了,大娘说不能再等了,拿起一个装了煎饼的破筴子带着母亲出了门。到了老枣庄街东门口,大娘把筴子交给母亲,蹑手蹑脚地走过去,看门的伪军靠着大门边,大檐帽扣在脸上睡着了。大门的铁链子已经挂在两扇大门上,幸好没有上锁。她悄悄地将铁链子解开,将大门的另一扇轻轻移开,招手让母亲过去。虽然此时母亲已经吓得心扑通扑通乱跳,但也只能咬牙挪过去。出东门不远就是东沙河,大娘带着母亲猫腰顺着河沿

图3 1946年3月，父亲（左）在清真寺大殿前的照片。

下向南走。快到桥时，突然听到上面的岗哨大喊一声："我看见你了！别藏了，赶快出来，不然我就开枪了。"边喊边拉枪栓。母亲非常害怕，马上趴在地上不敢动了。过了好一会儿，上面又喊："别藏了，我看见你了，赶快出来吧！"随后又是一阵拉动枪栓的声音。母亲刚才稍稍放下的心立刻又提到嗓子眼。大娘小声对母亲说："别怕，吓唬人的。"又过了一会儿，上面什么动静都没有了，大娘用脚轻轻碰了一下母亲，小声说："跟着我过河。"她先慢慢地爬上桥，然后用牙咬着笾子的提手，悄悄地从桥上爬到了对岸，母亲紧跟其后,"像狗一样地爬了过去"——母亲每次回忆这段经历时都这样描述。

过桥不远有一个土岗,旁边是一片坟地。大娘就带母亲藏在坟地里。天亮后,路上开始有人行走,大娘让母亲用早已准备好的一块黑布包上头,慢慢移到路边。趁着人多的时候,混入向东去的人群,总算暂时安全了。

第二天下午,大娘带母亲来到一个叫坦山集的小村庄,村里有她的亲戚。还没进村,就见一个八九岁的小哑巴,"阿巴阿巴"地边喊边迎上来。大娘顺手从筻子里拿出一块煎饼

图4 1946年3月,在清真寺大殿前,部分镇干部和工作人员的合影。前排左一派出所所长宋桂生、左三米元美、左五母亲、左六李宗海(怀抱刘厚军);后排左一工会主任张福田、左六魏传波、后排右一叉腰站立者是父亲。

递给他。大娘让母亲住她亲戚家里，对母亲说："我已经给他们说好了，你在这里安心住着，部队会有人来接你的。"说完她又拿起那个破篓子赶回枣庄了。

母亲在坦山集住了七八天后，一天下午小哑巴又在村口"阿巴阿巴"地叫了起来。母亲来到村口，远远看见有三个穿军装的人骑着马朝村子奔来。这时母亲就明白了，这个小哑巴原来是个放哨的。为首的一个军人从马上跳下来，向母亲快步走来。母亲仔细一看，正是三年多未曾见面日思夜想的"他"，眼泪顿时哗地淌了下来。后来父亲将母亲带到部队驻地上村，母亲从此成为一名八路军女战士。1942年11月，母亲也加入了中共，介绍人是刘永保、孙茂云。

死里逃生

1941—1942年是极端困难的时期，特别是1941年下半年，鲁南抗日根据地被日伪军、顽军（国民党军队）有针对性地进行"扫荡"、蚕食、封锁，地盘不断缩小，最小的时候可以用几句顺口溜来形容——"东白山，西白山，东西涧村宝山前，南北征战十余里，东西交通一线牵"。父亲称之为"一枪打透的根据地"。

1941年8月，五团团部转移到枣庄北部山区一个叫陡

图5 1948年9月,济南解放后,父亲从华东党校调济南任工作队队长;1949年2月,调任济南四区区长;1949年5月,调任济南三区区委书记兼区长。图为济南四区部分同志欢送父亲到三区工作的合影,后排左是父亲。

山头的小村庄。天刚亮,部队开始在打麦场上出操,一切都与往常一样。到了吃早饭的时候,炊事班将煎饼和土豆丝抬到了打麦场上,这样的待遇是不多见的。正当母亲领饭时,就听见空中传来几声怪响,接着就有几发炮弹,咣

图6 1949年6月,父亲母亲和子女刘厚军、刘彦玲在济南的合影。

咣地落在了打麦场周围,随即响起了密集的枪声。当时有人大喊:"散开,准备撤退!"父亲立刻组织宣传队集合,团部命令向北突围(因为只有那个方向没有发现敌人)。父亲指挥宣传队朝北面山坡冲了过去。宣传队都是年轻人,而且没有配枪,所以跑起来特别快,很快就冲到了北面山坡上。鬼子发现有人要突围，马上用轻重机枪向部队猛扫了过来，队员们冒着弹雨往山上爬，有些队员害怕被子弹击中干脆就跳着跑。

母亲从未见过这种阵势，当时也不知怎么想的，还上前捥了一勺子土豆丝放到煎饼上，飞快地卷了一下，转身跑向屋里，找到了她负责照顾的伤员把煎饼塞给他，扶他找了个藏身的地方。这时外面除了接连不断的枪声，就是"撤！撤！快撤！"的喊声。母亲跟着撤退的人员朝北面山坡上跑，她本来个子就矮，只有一米五，加上刚参军不久，脚力还不行，所以慢慢地就落到队伍的后面，等她跑到对面山腰时，前面只剩几名女战士在拼命地向山顶跑。这时突然听见坡下不远处有人喊："女八路，抓活的！"母亲头也不敢回，拼命向上爬。正在这危急时刻，就听见"啪啪啪"几声枪响，只见离她不远，"大个子"股长正举着枪向下面几个斜背长枪的伪军开火。母亲趁机向山顶爬去。刚到山顶，就听见后面敌人喘着粗气追上来了，母亲拼命地向前跑了几步就跌倒了，接着就连滚带滑地跌下了山坡。

宣传队很快翻过山顶，到达安全地带。父亲让队伍停下来一边休息，一边清点人数，并让文化教员小王回去接应一下未到的同志。小王顺着山谷的河边向回走，走着走着，猛然看见从山坡上滚下来一位穿八路军装的人，眼看就要

峥嵘岁月　25

滚到河里去了。他赶紧上前用身体挡住，仔细一看，竟然是母亲。母亲真是命大！从山上滚下来竟然无大碍，只是左膝盖跌伤了，小王扶着母亲赶回了部队。

营救同志

1942年2月，为响应"精兵简政"的号召，团里决定撤销宣传队。父亲被调到敌工股任工作组组长，在鲁南根据地最前沿的兰陵县开展对敌斗争，在贾庄、卞庄一带活动。贾庄是伪乡公所，驻有一小队伪军；卞庄是日伪据点。当时父亲的任务是分化瓦解伪军，在其内部发展情报关系，争取将其建立成为我所用的"灰色"政权。

1942年夏天，父亲正在伪乡长刘建伍家搜集情报。刘志和（刘建伍的儿子）火急火燎地回到家告诉父亲，小队（伪军）查获了一个叫吴昆的女人，从她身上搜出一些"北海票子"（北海币，抗战期间中共在山东抗日根据地发行的货币）。父亲一听，就觉得这个名字很熟，仔细一想，应该是当时鲁南区党委组织部部长魏思文的爱人，但没有与她见过面。"她到这里干什么？"父亲问道。刘志合说："她听说鬼子要'扫荡'，就跑到敌区来，被他们（伪军）查住了。"父亲说："不要紧，你先给陈贵勋（伪军小队长）做做工作，再告诉他我要找他谈谈。"父亲跟陈贵勋见面后,问陈:"听说你们查了一个从根据地来的人?"陈说:"对,我问过她,她说自己是老百姓,到这里走亲戚,顺便买点儿东西带回去。但兄弟们说她是女八路,还带了一些北海票子,你说这事怎么办?"父亲不动声色地反问他:"你想怎么办?"陈想了一下说:"根据地来的都是自己人,当然要放了她。""这样很好!"父亲鼓励了他一番,让陈把吴昆交给刘志合带回去,并对陈说:"你要给队里的弟兄解释清楚,就说吴是老百姓,到这里走亲戚,带北海票子是为了顺便买些东西回去(该地区主要用伪币,但北海币民间也用),免得他们怀疑你私通八路。"后来刘志合当天就把吴昆送到山里去了。几天后,父亲收到了吴昆的一封感谢信。

夺粮锄奸

1943年初,五团为了加强敌后武装斗争,从团里抽调了一部分军事素质好、作战能力强的干部新组建了一支武工队,并且配备了精良的武器,父亲也是当中的一员。当时部队驻在上村,经上级批准,在那年春节的晚上,父母亲在一个老乡家里举行了简单的婚礼。部队当时非常困难,老乡煮了一锅小米粥,每人喝了一碗就算是庆贺了。第二天,母亲就回后勤部了,而父亲则脱下军装换上长棉袍,到武工队报到。这年春天,武工队得到情报,西集据点的敌人将派一个连的伪军,押送几十车粮食到枣庄,武工队虽然只有四十多人,却配备了四挺轻机枪、四门手炮(掷弹筒),除短枪班外,其余三十多人几乎全是长短枪双套武器,作战能力很强,曾多次与日伪军作战且从未吃过亏。武工队埋伏在黑风口侧面凤凰山附近,这是敌人运粮的必经之路。当伪军押着四十多车粮食慢慢进了伏击圈,队长一声令下,队员们一起开火,打得伪军人仰马翻,鬼哭狼嚎,并俘虏伪军三十多名。当时山里根据地正需要粮食,武工队就动员群众把粮食送到山里交给部队,牲口车辆是伪军抢的群众的,全部发还给群众。

1944年8月,母亲离开部队被调到双山县六区任妇救会会长。11月,父亲担任双山县六区区长兼区武工队队长,副队长叫李新志。在枣庄以西齐村、城河、山家林一带敌占区活动。其间父亲与李新志曾带领短枪班夜闯齐村,镇压了一名迫害我党地下工作者、为日寇提供情报、残害群众的汉奸特务。

选自《老照片》第一一〇辑,图文有删减。

父亲亲历"地道战"

高石英

观看电影《地道战》的时候,我父亲高万芳不时会指出哪些地方不够真实,他说现实远比电影里残酷。抗日战争时期,父亲亲历冀中平原地道战,带领白洋淀一带的军民与敌人进行艰苦卓绝的斗争。当地百姓有"跟着大高(高万芳)打鬼子"的口头禅。

抗日战争时期,我父亲先后担任河北省任丘县第五与第六区、鄚州区党委书记,以及任丘县武装部部长。这一带为冀中平原,鬼子频繁"清剿扫荡",父亲带领军民从地下寻找掩护,发动家家户户挖地道,跟鬼子打持久战。

最初挖的地道为直筒式,仅能藏身,且易被敌人发现,后改造为地下连通的。那时,每个村都发展了三到五户绝

父母年轻时的照片。我妈妈郑丽君,小时候给人当童养媳,抗日时参加革命,十八岁就是妇女支前队长。后来,她在党组织帮助下解除封建包办婚约,嫁给了我父亲。后来跟随父亲参军,解放后长年在街道办事处工作。

对保密的堡垒户。我奶奶家就是这样的堡垒户。组织上的人到家里来接头或者开会,裹着小脚的奶奶就坐在门前纳鞋底,听到什么动静,就赶快跑回家报信,让同志们从地道里撤离。奶奶家的地道就经过多次改造,锅灶下、炕洞中、地窖下、水井中,到处藏着地道口,隐藏得很巧妙,里面的构造也越来越复杂,能吃住、开会办公,还能掩护撤退。

日本鬼子进村"围剿",发现地道口就火烧、烟熏、水灌，还放毒气。听父亲讲，我方就巧设一些假洞口、半截地道、上下双层地道，还在死洞上面铺上新土，真真假假，跟鬼子周旋。父亲说，其实那时候本乡本土的汉奸熟门熟路，破坏性极强，很难对付。"打鬼子得先除汉奸"，组织上经过研究，决定瞄准其中一个势力最大的汉奸下手，先设法控制住他手下一个亲信，探准他的行踪，然后父亲亲自带着两个人，乘这汉奸去会他的姘头，半夜里摸到其姘头家床头，收拾了他。

鬼子没人性，实行"杀光、烧光、抢光"的"三光"政策。父亲就带着人去埋地雷，切电线，断路，炸桥，端炮楼，打完就钻地道藏起来，神出鬼没。根据战时实际，他们后来又把民用藏身地道和作战地道分开，设上了瞭望孔、射击孔。常常是鬼子白天祸害老百姓，他们就夜里出动杀鬼子报仇。

我父亲说，群众中出天才。他们把地道主干道和许多分支道连成网，天天跟小鬼子打拉锯战。父亲在白洋淀一带深受百姓爱戴，他当了区委书记后才配上自行车，不管他骑车进了哪个村，都有群众忙着把留在土路上的车辙印扫掉，保护他免被敌人追踪。

当年，冀中抗日名将、任丘县委书记李光荣很器重我父亲，夸他指挥作战脑子活，能以弱胜强。后来上级给父亲配了战马，他就骑着这匹马无数次指挥反"扫荡"，也无数次逃过敌人的追杀。这匹马的旧鞍被父亲视为宝物，一直珍藏至今。父亲最心爱的"三八搂子"手枪，就是李光荣送给他的。我妈妈郑丽君当年是妇女支前队长，就是李光荣叔叔的爱人李凤阿姨把妈妈介绍给我父亲的，这算传奇中的浪漫吧。我成年后曾回过白洋淀，乡亲们特别热情，还带我去看当年被我父亲炸掉的半截鬼子炮楼。

选自《老照片》第一〇二辑，图文有删减。

四哥是个新四军

沈 宁

据我所知，我的父母两系，所有当时青年或成年的家族成员，都参加过伟大的抗日战争，其中有几个曾经真正地扛起刀枪，走上前线。我外祖母的二哥万耀煌将军，率领二十五军参加淞沪大战，几乎全军覆没。我的叔叔沈耆儒高中时参加了浙江国民抗日自卫军，做到中校。我的堂侄沈人燕高中未毕业便考入中央航校成为空军驱逐机飞行员，以中尉军衔殉职。还有一位堂兄，也在中学读书时参加了共产党，投身上海地下抗战工作，后来加入新四军，转战苏中地区，1955年受颁中校军衔，后晋升上校，1966年转业地方。

我这位堂兄，名叫沈诒，是嘉兴沈家言字辈人，我叫他四哥。

四哥沈诒,是祖伯父十一公公沈卫老先生的嫡亲孙儿。十一公公是清光绪进士,先做翰林院编修,后任陕西提学使,主办宏道大学堂,他的学生包括于右任和张季鸾。十一公公从清廷退休之后,在上海租界寓居,海上呼之太史公。十一公公的次子名孝儒,按照家谱辈分,是我的堂伯父,十八岁考中县学生员(秀才),次年清廷废除科举,断了功名之路。民国之后,被孙中山大总统任命为浙江税务官。四哥就是这位堂伯父的儿子,于1922年出生在上海闸北新疆路和民坊一号。四哥出生时,伯父尚健在,家境殷实,衣食无忧。伯父英年早逝,又逢战乱,伯母一人抚养四儿二女,多亏十一公公长寿,常予照料,渡过难关。

据四哥自己讲:他是家中幺儿,前面已有三个哥哥,因此在家中不被重视,一般家事都轮不到他出头,只有磕头一点不少。他记得磕头最多的一次,是读小学时,坐船到嘉兴沈家祖坟地,为父亲和其他沈家长辈落葬,小孩子们跪地磕头,不计其数,直磕得昏天黑地。

大概也是因为在家里不受重视,所以四哥从小养成一种独立甚至反叛性格,不愿守规矩,不肯被压抑。四哥说,小时候有一次他自己调皮从洗衣台上摔落,跌破了头皮,必须涂药包纱布,可每次换药,他总要跟母亲吵闹。我们嘉兴沈家书香传世，历代读书入仕，四哥出身进士家庭，却去当了兵。抗战期间，沈家绝大多数亲族成员，都在国民政府领导下工作；二伯父沈钧儒却亲共、领导民盟，四哥参加了共产党和新四军，成为沈氏门里的另类。

后来四哥笑说，那都是命里注定。他保存了一张自己伏案的老照片，因为是从背后拍的，刚好把他后脑伤疤照得一清二楚，形状仿佛倒写的"八一"，就是说，他自小有命，长大当兵，而且当南昌起义创建的红军。

1928年，四哥六岁，被送进上海湖州旅沪公学幼儿园，第二年进入东方高级小学，直至毕业。因为他独立性强，主意多，自然做了孩子王，小学多年一直担任级长。1932年1月爆发"一·二八淞沪抗战"，日军疯狂轰炸上海，闸北地区一片火海，据统计被毁四千多商家、近两万户民居。新疆路和民坊一号四哥家也被夷为平地，只好逃进法租界路巨赖达路（今巨鹿路）采寿里十号，投奔祖伯父十一公公。1934年，四哥十二岁，考入基督教会创办的清心中学（现改名市南中学）初中部，一直读到高中毕业。在清心中学，四哥很活跃，喜欢唱戏，也能演剧，还担任班级篮球队队长，打前锋。而他自小养成的反叛性格，到了中学，有增无减，喜欢寻找新奇理论，容易认同激进思潮，愿意结识进步同学，同时他奉献社会的欲望和做点实事的决心，也日益强烈。

图1　十五岁的沈诒

1935年冬天,四哥读初中二年级,北平爆发"一二·九"运动,上海学生奋起响应。四哥只有十三岁,参加罢课游行特别积极。校方派车派人,一路劝阻,学生不理睬。当局为防止学生继续聚会,提早放寒假。四哥和同学组织学生自治会,印发告家长书,抵制提早放假。

四哥初中毕业那年夏天,北平发生卢沟桥事变,中国军民开始全面抗战。清心中学迁到沪南斜桥法租界内的惠中中学（今五爱中学），借部分校舍上课。后来清心中学又迁到南京路和浙江路口虹庙隔弄的女子银行二楼，借地读书。为了以基督教做掩护，躲避日军骚扰，清心中学增加外籍授课教师美国人邓肯等，得以继续上课。

这个时期，四哥十五岁，读高中，满腔救亡热情，心思完全不在读书上，只想着追求真正的救国道路。他自发组织读书会，主编墙报，成为学运的积极分子。后来上海市学生救亡协会提议四哥解散读书会，成立学生自治会。学生自治会算是校内的合法群众组织，经过竞选，四哥连任学生自治会教育股长。之后四哥还曾经担任过上海市学生救亡协会的区干事，也当过青年联谊会的主席。当时四哥并不知道，上海市学生救亡协会是中国共产党的外围组织。

1938年四哥高中二年级，日伪政权要求租界内的学校一律向伪政府申请登记。迫于形势，许多租界内的校方都犹犹豫豫，准备服从伪政权的命令。学生们义愤填膺，反对向日伪投降。上海市学生救亡协会派人到清心中学，组织学生发动护校，不做亡国奴。四哥在这场运动中，特别积极，骑在自行车队前列，充当联络员、通信员、宣传员。

学期考试最后一天，敲钟为号，学生们成功地召开了全校大会，向校方提出三项要求：第一，校长登报声明，不向伪政府登记；第二，成立护校队；第三，保证学生安全，不开除同学。会后又发表护校三宣言：《告各界人士书》《告全市同学书》《告家长书》，向各报记者发新闻稿，把护校斗争通过媒体告诉全市人民。校方多方推托之后，在全校五百多学生的压力和社会舆论影响下，终于全面接受了三项要求。

清心中学这次护校斗争，在上海教育界产生了连锁反应，租界内八十七所中学联合登报声明，拒绝向伪政府登记。因此，这场护校运动被誉为全市教育界对汪伪打赢的第一仗。直至现在，矗立于市南中学内的纪念碑，仍旧刻着张承宗的题词：打响上海中学生抗日救亡运动的第一炮。

由于斗争胜利，四哥受到锻炼和考验，情绪也更加激扬，不想留在孤岛上海，想奔赴延安，创造新世界。上海学生会组织说服他留在上海，继续斗争。事实是，中共上海地下党那时已有意发展四哥入党。

先由已是中共党员的同学接触他，引导他阅读《西行漫记》《大众哲学》《华北前线》等书籍。接着动员他设法寻找共产党，逐渐学习马列主义参考书，表达对马列主义、对中国时局、对抗日统一战线的看法，以及对共产党的认识等等。经过一段时间考察，四哥被带到西藏路口大世界边的一条小弄堂，爬上三层同学家，面对中共党旗，

图2 参加新四军后的沈诒

举起拳头，宣誓入党，三个月候补期后成为正式党员。那是1938年秋，四哥十六岁，还读着高中。

四哥入党后，清心中学成立了第一个党支部。他们积极组织学生运动，培养进步学生，发展新党员。一年之后，四哥担任校党支部书记，领导发动了三场反三青团运动，两次反汪伪罢课，以及响应宪政讨论，要求召开全国国民大会的民主运动等革命活动。

1940年，四哥中学毕业，中共组织安排他进入之江大学商学院，在该校发展党员，建立支部。按照上级指示，四哥在之江大学担任《之大商学刊》主编，宣传救国思想，同时兼负全校女生联谊会领导工作。因为之江大学是基督教会创办的学校，为方便开展地下工作，遵循中共组织安排，四哥和另外一个党员干部，经常出入基督教堂，甚至接受洗礼，穿上灰衣，成为正式教徒。然后在基督教团体内部，宣传中共思想，影响其他教徒，发展革命同情者和参加者。在他们的工作之下，之江大学的同学里，确实有些基督徒改变信仰，后来入了党，还有的到抗日敌后，参加了游击队。

日子久了，四哥的身份暴露。中共组织便命令他离开之江大学，那年四哥十九岁，服从了组织决定。因未能读到大学毕业，直到晚年，还是四哥的遗憾。

当时新四军在苏北建立了抗日根据地，也在上海设有新四军办事处，需要地下交通员，负责接待和转运到苏北根据地参加新四军的青年。任务非常繁重，也很危险。但紧张和艰险的地下交通员工作，最能吸引四哥。当时从上海到苏北，往返路程虽不很长，但日汪势力交叉割据，处处设卡，盘查很严，稍有不慎，就可能造成无法挽回的损失。地下交通员要能吃苦，还可能随时牺牲。

从此四哥天天化装，穿上半新不旧的衣服，根据新四军驻沪办事处的指示，护送人员从上海到苏北。每批六七人，每人单线联系，交待出发时间地点、衣着、携带物品及注意事项。如果任务是一带一，护送的往往就是领导或有身份的人，必须格外小心，经常临时更换地点，重复上门几次才接得上头。

四哥记得，第一次跑交通走的是水路。晚上九点上船，四哥混在杂乱的人流中，挤进低矮闷热、空气混浊的小货轮。鸡笼竹筐到处都是，客货混装，嘈杂不堪。四哥暗中点清自己要护送的人员，一个不能少。走了几乎一夜，清晨到苏北海门的青龙港，码头内外，铁丝网林立，日军岗哨、伪军翻译，加上地痞流氓，都围在港口，个个凶神恶煞，日军还常用刺刀在行李杂物里乱挑乱捅，气氛紧张恐怖，人人提心吊胆。四哥带领他护送的人员，沉着应付，有惊无险，顺利过关。

再走不远，就有车夫迎来，推着独轮小车，相互对上暗号，带领四哥一行，穿越敌我拉锯地带，走过南通县二甲镇，车夫放松下来，告诉四哥前面是北新桥，就是"四爹"的地盘了。苏北乡民把新四军称作四爹。

到了地点，新四军接收了新来的人员。四哥交出名单，是用米汤写在牛皮纸上的，记录每个新人员的姓名、经历，以及到苏北根据地的原因。其中有的要转去苏中区党委，有的要去华中局，有的要去新四军军部报到。

第一次任务完满完成，四哥长了经验，之后护送任务一个接一个。其中一次，四哥护送中共苏南民抗总部司令员任天石。四哥还曾护送过新四军六师十八旅政治部主任张英、江南抗日东路军负责人杨浩庐、少儿团体新安旅行团团长汪达之等领导。除了护送人员，四哥还护送过医药和文件。有一次，他护送上海新四军办事处负责人杨斌交给饶漱石和陈丕显的文件，叠成蚕豆般大小的密件，藏在衣服缝角的边沿。

做地下交通，时间不能长，以免被日伪敌特认出面目。四哥跑了四个月交通之后，中共党组织便把他调到苏中抗日根据地，参加由苏中区党委和苏中行署领导的苏中滨海工作委员会，开辟地方工作。

据四哥回忆，滨海地方，主要是渔民的栖息地。而西边一片灶区，居住的是以烧盐为生的灶民。据传，这些灶民的祖辈多是被流放于此做苦役的囚犯。再向西过了海堤，居住的农户，主要种植棉花，他们祖辈是从启东、海门迁移过来的。这些渔民、灶民、棉民，生活都十分清苦，特别是灶民，一贫如洗。当时有句话："百年绝少人生乐，万族无如渔灶穷。"

图3　摄于常州车站

当时中共苏中区的工作重心,是关心穷苦的基本群众,传播共产主义思想,组织和动员他们参加共产党和新四军,所以四哥经常要到乡民家里。多年之后,四哥回忆:与贫苦老大爷挤睡在一起,合盖一床破旧棉絮,一起捉身上的虱子。虱子太多,根本捉不完,有时白天也会从袖口爬出来。四哥有个堂弟,小名虎官,在上海感到压抑,到过苏中根据地找他,想参加革命。可是虎官无论如何过不了虱子这关,无法克服厌恶和恐惧,最后只有返回上海。难怪四哥说,当时他们把虱子称为革命虫。

多年之后,四哥总结,共产党与国民党当年斗争的重点,以及后来获胜的关键,在于共产党争取到了最广大的基层群众,代表了他们的利益,为他们出头说话,让他们看到希望。这也就是古人所谓:得人心者得天下。

临海乡村地带远离城池,比较隐蔽,获得群众支持之后,很自然成为新四军的后方基地,军工修理厂、鞋厂、被服厂及伤病救治机构等,都设在这里。四哥在该地工作几年,曾担任滨海区区委书记,后任中心区区委书记。1943年6月四哥被调离临海地区,先到苏中第二地委组织部,后任东台县委联络部部长。

东台县委联络部下设三个联络站,主要工作是开展向伪军和敌占区的政治攻势,分化瓦解敌伪。一方面打击和镇压个别死硬汉奸,一方面联络和争取敌伪上层,同时派遣内线人员打入敌伪内部,搜集敌伪军情报。这些工作,都十分危险。四哥在联络部期间,身边就牺牲了两位同志。

1943年冬季,由延安统一布置,苏中地区中共组织也开展整风运动。四哥担任整风大队党支部副书记兼大队下属第一大组组长。整风运动的做法,跟后来几十年中共历次政治运动的做法相同,人人过关,各写自传,自我鉴定,经由整风大队党支部通过,最后本人签字。整风期间,也常发生"逼供信"或批斗的现象,但因在抗战前线,急需人才,所以纠正比较及时,没有引起很严重的后果。

1944年抗日战争进入反攻阶段,中共决定扩大和深化工作面,从农村向敌占城市发展。苏中区党委、地委、县委均先后成立城市工作部,四哥受命任东台县委城市工作部部长,后来又调往驻在江(都)、高(邮)、宝(应)几地的苏中区党委城工部任秘书、组织科长、机关党支部

图4　沈诒在苏中农村工作时的留影。

书记。

那段时间里,时任苏中区党委书记和苏中军区政治委员的陈丕显,曾派四哥只身潜入孙良诚伪军部队,秘密开展工作。那时四哥二十二岁,穿了长衫,假装生意人,怀揣密信,辗转数百里,潜入泰州,分别会见伪军第二方面军司令孙良诚、第五军军长王清翰、第三十八师师长孙玉田,以及孙良诚嫡属幕僚甄参事。由于四哥胆大心细,机智灵活,沉着冷静,这次任务完成得十分出色。这些事迹,在四哥自己的回忆录《始吾之言》中有很详细的描述。

1945年四哥正式转入作战部队,穿上军装,扛起长枪,任新四军苏中军区政治部党支部委员兼民运科科长,后调苏中军区第一军分区。1946年,四哥负责苏中军区外宾接待处工作,后调任苏中军区政治部联络部宣传科科长、苏中第一军分区组织科科长、宣传科科长,以及联络科科长,参加皋南战役、如皋城保卫战等。1947年10月,四哥任东台县委联络部部长、县委委员。1947年新四军苏中军区并入华东野战军,最后一批撤销新四军番号。1948年2月,四哥先后任第一军分区政治部组织科科长、宣教科科长,其间部队频繁执行战斗任务,时年二十六岁。

1949年渡江战役,四哥奉调华东警备第六旅政治部,先后任宣传科长、组织科长、常州军分区党委委员、分区直属党委副书记等。1950年，四哥调任苏南军区政治部干部科科长。之后在南京军区和福州军区任职，1955年授衔中校，后升上校。1966年，四哥转业到地方，历任中国科学院华东分院政治部副主任、中国科学院硅酸盐研究所副所长、中国科学院上海光学精密机械研究所党委书记、上海科技大学党委书记。1986年，四哥调任上海市老干部大学常务副校长，兼任东方艺术院院长。

  现在（2013年），四哥已经九十一岁高龄，身体有些虚弱，我去年回上海探望，他还跟我讲述当年的经历。我祝他健康长寿，永远乐观。

        选自《老照片》第八十九辑

从姥姥的信说起

杨瑞兴

这是一封从胶东解放区发往晋察冀边区前线的急信。发信的人是我的姥姥,信寄给她的儿子——我的大舅——人民解放军晋察冀边区政治部卫生队宣传科副科长——徐惠人。信的内容如下:

象坤书悉。前天寄去一信,谅先收阅。兹为自汝父去世后,常见邻居一家团叙,何等快乐喔。我则孤单一人,何等难过。况汝父去世后,一切化(花)费及咱之药铺应如何办理,我又向谁来说。每念他人有子,朝夕叙谈,我有儿子,竟能十年不见一面!想人生处此环境,有何意味。一思及此,则想儿之心如刀

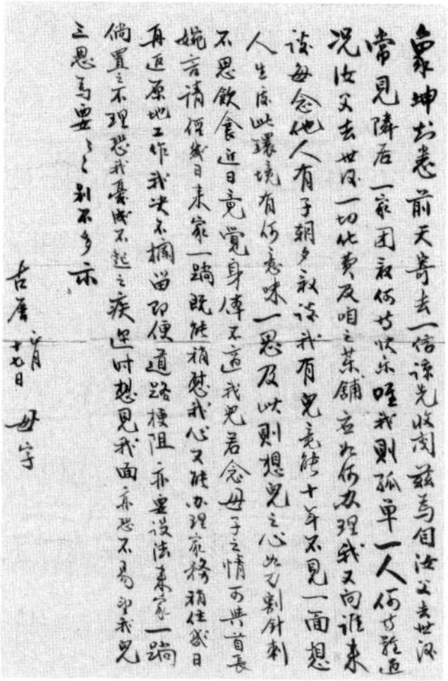

割针刺，不思饮食，近日竟觉身体不适。我儿若念母子之情，可与首长婉言请假，来家一趟，既能稍慰我心，又能办理家务，稍住几日，再返原地工作，我决不拦留。即便道路梗阻，亦要设法来家一趟，倘置之不理，恐我忧成不起之疾，迩时想见我面，亦恐不易，望我儿三思为要。别不多示。

古历正月十七日　母字

图1　姥姥的信

时间是1948年，正值人民解放战争进入战略决战、中国历史面临转折的关键时刻。

我母亲本来兄妹三人，家在山东省招远县城里村。姥爷喜读诗书，自学中医，远近驰名，家里靠着姥爷在县城东关街（当时招远县的一条商业街）上开的一家叫"德裕厚"的药店，过着还算殷实的生活。据母亲讲，姥爷乐善好施，经常接济穷人，"吃亏是福"是老人家常挂在嘴边的信条。

大舅本名温象坤、二舅名温法坤、母亲名温培元。

大舅生于1918年，自幼聪颖，在招远读完小学、初中。1936年考取山东省高级中学（今山东省实验中学）。在当时的条件下，能送孩子到省城读书，实属不易。可见姥爷、姥姥对大舅满怀期待。选择山东省高级中学，一来是属于名校，当时的校长宋还吾是著名教育家；二来是学校免学费并提供食宿。据大舅后来讲，当时交通条件差，到省城要先从招远到寿光羊角沟，再坐船转小清河到济南，路上要走几天，经历汽车、牛车、小船等交通工具。在小学、初中读书时，日本侵略者发动九一八事变、一·二八事变等，已将魔爪伸向中国，山河破碎、生灵涂炭的残酷现实，让大舅愤懑不已，对国家和民族的未来满怀忧虑。这些，从他保留至今的小学作文中，可见一斑，如这篇《受了异族的侵陵应该怎样对付？》。

在济南学习的起止时间是1936年至1937年10月，其中有一件事，让大舅记忆犹新。一次，他们同学一行五人上街，被韩复榘的执法队抓住，说他们有共产党的嫌疑，不由分说用手枪顶住后脑勺，让他们面壁跪了五个小时。后来，他们又莫名其妙地被放了。执法队是有现场处置权的。舅舅回忆起此事时说，那会儿还是学生，要是真给毙了，岂不太冤？

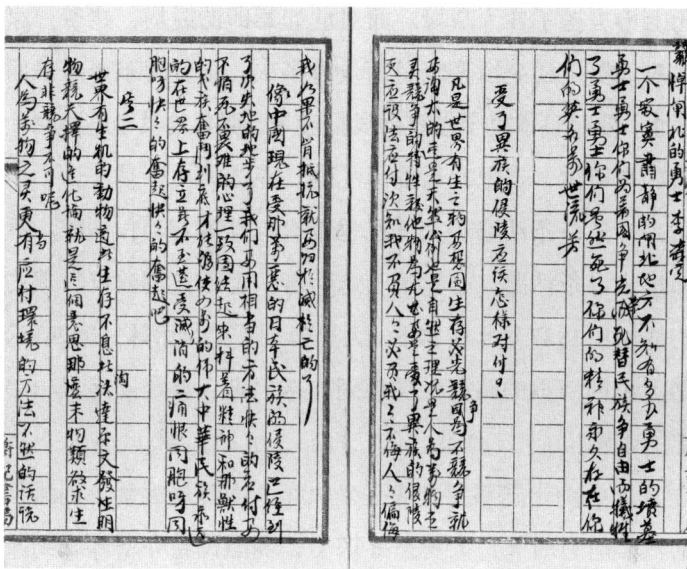

图2　大舅的作文《受了异族的侵陵应该怎样对付？》

照常规，高中生涯会很快结束，应准备考大学了，但是时局没有给大舅继续求学的机会。七七事变爆发了。

在侵占华北大部后，日军又积极准备向山东进犯。七七事变发生时，学校已放暑假，舅舅就回到了招远。时局的发展使得人心惶惶，庄稼熟了也无人收割，但见地里防御沟壕纵横，千疮百孔。当时韩复榘手下的八十一师驻守招远，山上守军征民夫挖战壕，长官们却坐小汽车到东关街上一家有钱人的绸布店里打麻将。为应付出工，大舅还上山去挖了几天战壕。面对危如累卵的时局，姥爷一家人对大舅走还是留在家里商量过多次，觉着胶东半岛三面环水，要是日本鬼子沿胶济线打过来，那真是没个逃路啊！最后姥爷说，走吧，兵荒马乱的，能逃出一个是一个，出去兴许还有条活路。大舅也觉着，与其等着当亡国奴，不如出去寻条活路。心里暗暗念叨着，走吧，走向抗日救亡的战场！1937年9月14日，大舅告别了父母弟妹一家四口，踏上了回济南的路程。没想到，这一别，竟是同父母、弟弟的永别！

回济南走陆路要到潍县坐火车，因时局混乱，到潍县的汽车时有时无，大舅只好搭了一辆国民党守备部队到潍县拉军需品的汽车。当时，很多逃难的人一起拥上了车，把车挤得满满的，后来，都被国民党兵给赶了下去，唯独留下了大舅。开始大舅还挺纳闷，诧异那国民党兵怎么不轰他？后来才明白是他身上穿的"童子军"制服帮了忙。当时国民政府在高中、大学学生中实行军训，军训学生称为"童子军"，童子军服与国民革命军的制服在颜色、式样上几乎一样，那国民党兵把大舅当同类了。

回济南后，鬼子沿津浦线南下的消息日紧。济南城和全国其他城市一样抗日救亡活动气氛热烈，学校的课程已停，大舅就和同学们参加了各种形式的宣传活动。对下一

图3 军训时与同学的合影,大舅(后排左一)着童子军制服。

步的去向,大家议论纷纷,曾有同学建议一起去徂徕山打游击,大家还围绕怎么去进行过筹划。一天下午(1937年11月15日),天近黄昏,大舅刚从乡下宣传抗日回城,正在宿舍里搓凉水澡,忽听得"轰"的一声巨响,惊天动地的,人们以为日本鬼子打来了,济南城立刻陷入一片混乱。后来才知道，是韩复榘为阻挡鬼子进攻济南，派部队把津浦路黄河铁路大桥炸了。危情之下，学校没法待了，大舅与同学刘鸿远、袁承绪、史树榕等十人开始了辗转流亡，12月份到了武汉。当时国民政府已迁至此，武汉成为全国抗战的中枢。经过多日流浪，一行人已身无分文，正不知所措间，一天在街上碰到了冯玉祥将军的秘书，同学中恰好有人与他相识，便据情以告，秘书又将他们一行的情况报告了冯将军。冯将军闻之非常高兴，慷慨允诺帮忙并到住处看望了大舅他们。记得当时冯将军说：你们要找工作，为抗日救亡出力。找到工作之前，一切食宿问题由他负责。吃住问题解决了，一行人先去找八路军驻武汉办事处，因为对国民政府实在是失望透顶了。但辗转几天都没有找到，正踟蹰间，正好碰上山西民族革命大学在武汉招生，听说民大是国共两党组成的抗日民族统一战线办的，就报了名并被录取。后来八路军驻武汉办事处也找到了，抗日军政大学正在招生，办事处的招生人员非常和蔼，热情接待了他们，但后来交谈中知道他们已经被民大录取了，就劝说道：去民大也好，到哪里都是参加抗战嘛。就没有录取他们。当时大舅他们还纳闷怎么不收留他们，后来才明白，可能是怕阎锡山说共产党破坏统一战线，民大已经录取了，八路军怎么好再录取？

图4 大舅在抗大学习时的留影,由抗大同学所拍。延安当时的条件艰苦,大舅穿的还是在阎锡山的民族大学时发的服装(也是阎锡山军队的军服)。这也是自1937年七七事变离开故乡招远后,姥爷、姥姥收到的第一张照片和信件。信是先寄到在北平做买卖的一位本家叔叔处,由他再辗转寄至招远。

在武汉期间的一件事,让大舅对国民政府的腐败和消极抗战有了更进一步的认识。当时国民政府军事委员会第六部举行了一次"失业失学同学登记",并请登记的同学们吃饭。对这顿饭,大舅在几十年后不止一次对我说,这

峥嵘岁月 55

是他这辈子吃的最好的一顿饭了。但这顿好饭并没留住同学们的心。面对山珍海味应有尽有的佳宴,大舅当时就想,国家都这样了,你们还有心思花天酒地!我们历尽磨难到这儿,会是为了这顿饭么?饭没吃完,大舅就偷偷溜回了驻地,没再参加其他活动。结果回到住处一看,嘿,同学们不约而同都回来了,可见当时的人心所向!本来国民政府准备好饭是想笼络人才,留住大家,没想到事与愿违,这件事到今天都值得深思。

从武汉到民大所在地临汾坐的是阎锡山的专列。阎当时是国民政府军事委员会副委员长、第二战区司令长官,恰好到武汉国民政府军事委员会开会,大舅他们就乘坐加挂在阎专列后的车厢到了民大所在地临汾。时间已是1938年初,大舅经同学刘鸿远介绍参加了"中华民族解放先锋队"。在民大期间,大舅发现学校的管理基本上还是国民党军队的那一套,教官对学员打骂、体罚。对这一套,大舅在军训时就已有所领教,内心深恶痛绝,遂产生了离开的念头。1938年2月,日寇大举进犯临汾,民大开始由临汾撤往陕西宜川。

撤离的路上,满眼全是溃败的国民党部队。大舅说,什么叫"丢盔弃甲、狼狈逃窜",在那会儿真是彻底领教了。大舅亲眼见到,一支国民党部队正跑步后撤,一个兵

图5 战斗之余,大舅参加生产劳动的留影,手里提着日式饭盒,头戴草帽,挽着裤腿,想必刚下地劳动归来,身后窗台上放着收获的葫芦。

提着枪就离开队伍往山上跑,连长嘴里喊着"你给我回来,你给我回来!我枪毙了你",这个兵却边回头看边跑远了,连长也是边喊边带着队伍跑了,真是如惊弓之鸟,兵败如山倒啊!沿途到处是国民党部队丢弃的枪支弹药,大舅和同学们捡上一支枪先背上,遇到好的就再换,一路走、一路捡、一路换……

在山西吉县壶口瀑布"小船窝"渡口,同学们等待过黄河。可寻遍渡口,也没找到船。当时,鬼子正从三个方向压过来,形势危急,一个同学自告奋勇到对岸找船。当时正值初春,河水又急又冷,大家于是解下绑腿连接起来,一头拴在同学身上、一头大家拉住,可是这个同学刚下水

图6 大舅(右)与亲密战友芦起(左)化装侦察的照片。两人一身农民打扮,大舅怀抱老羊皮袄,芦起身挎驳壳枪,头围毛巾。想必是顺利完成了侦察任务,一脸的自信与兴奋。芦起是京西雁翅镇付家台村人,机智勇猛,被战友们称为智多星、机灵鬼,当时任二分区敌工干事,专门与鬼子、汉奸打交道。曾只身一人深入鬼子据点劝降敌人。新中国成立后任河北省宣化区委书记。

游了没多远，只冒了几次头，就被急流卷走了，绳子根本不管用。"他是为大家牺牲的啊，"大舅说，"虽然不知道他的名字，可我永远记住了他。"船没有，天又黑了，开始下起大雨。那雨下得好大啊，大家在黄河边的土坡下避雨，冰冷的雨水和着黄土高原的泥土从发梢流到脖子里，怀里的步枪愈加冰冷、沉重。饥饿、寒冷、绝望……有人唱起了《松花江上》，大家也跟着一起唱了起来，歌声伴着风雨在黄河边飘荡。旁边还有路过的国民党溃兵，一个军官劝道，快走吧，同学们，鬼子从三面围上来了！大家不为所动，依然在雨中唱着。"那个晚上，那个场景，真是悲壮啊！"多少年以后，大舅依然感叹。

好不容易挨到天亮，找到船，过了黄河，来到陕西宜川。这时，阎锡山放松了对民大的管理，大舅想，机会来了，该走了。于是，他和几位民大同学经过密议，决定到延安去，找共产党、八路军去！他们向校方谎称在西安找到了工作，要去西安。经校方同意后，他们就背着捡来的枪，起程先向西安方向走，过了民大哨兵警戒线以后，又折向延安方向。经多日艰难跋涉后，来到一条河边，听老百姓说，过了河，就是八路军的天下了，大家都很高兴，不知谁的枪走火响了一枪。等过了河，见到八路军战士都已进入了阵地，原来听到枪响，部队以为是鬼子打来了，待外出买菜的司务

图7 这是一张很珍贵的照片,几位重要的红色摄影先驱都有了:前排右一为石少华,为晋察冀画报社副主任,身穿缴获的鬼子军大衣;中间为沙飞,画报社主任,腰佩手枪,一身战斗打扮;右三为吴群;二排中间为张致平,在赵烈牺牲后任画报社指导员;最后排中间为大舅,最右为蔡尚雄,他头戴鬼子的飞行帽、身穿飞行夹克,很有风格,想必也是缴获自日寇。从照片可以看出,当时的条件虽很艰苦,但这些先驱们充满着自信。

长和大舅他们一起过了河，才知道是虚惊一场。大舅他们就把枪留给了八路军，继续向着延安进发。据史料统计，民大学员在自临汾到宜川的过程中，离校的有两千人，其中大部分到了延安。

大舅他们一行人是经南泥湾走向延安的。当时张国焘刚逃跑投向国民党，延安城外随处可见谴责他的标语。延安到了，可大舅他们却进不了城。当时进城要证明或介绍信，大舅他们是自己跑来的，没人介绍，怎么办呢，一行人只好在东门外找了一个小旅店住了下来。旅店老板得知这一行人是来投奔共产党、八路军后，自告奋勇给介绍，大舅他们因此得以进城。

进城后，恰好抗日军政大学、鲁迅艺术学院、陕北公学都在招生，一位接待他们的领导非常和蔼地问他们愿意上哪一个。大舅他们一商量：投奔共产党，就是参加抗战的，当然要上抗大啦。于是十个人全部报了抗大。

大舅参加的是抗日军政大学的第四期，毛泽东为本期学员亲笔题词："学好本领，好上前线去"。学员编为八个大队。大舅在第五大队，大队长为何长工。抗大校长是林彪，副校长罗瑞卿，政治部主任张际春，教育长许光达。据史料记载，从1937年七七事变到1939年6月，共有三万多名青年奔赴延安。他们放弃了优越的家庭生活，从海内外汇集于宝塔山下，寻找抗日救国真理，探索民族救亡之路。

大舅曾经总结说：在延安的学习岁月，是一生中度过的最快乐时光；那时候大家没有一点儿私心杂念，就是一心学习，抗日救亡，时刻准备贡献出一切。

党中央当时对教育工作非常重视，党和军队的高级领导都亲自到抗大做报告和开讲座，毛泽东就曾到抗大做"论持久战"讲话，彭德怀副总司令也曾来讲述过游击战争的战略战术问题。1938年7月23日，大舅经指导员叶世政、区队长王九通介绍加入了中国共产党，入党仪式是在柳树店沟口的一座庙里举行的，一起参加的共五人，其中就有后来的著名作家严文井。1986年，大舅曾故地重游，庙已不存，但在五大队时动手挖掘并居住过的窑洞和庙里的古

图8 后排叼着烟斗的是大舅，前排左一为吴群、右一为蔡尚雄。

图9 这张大舅在工作中的照片,由蔡尚雄亲自拍的。据大舅讲,当时室内虽有灯光,但依然较暗,蔡大师手端相机,用了将近一分钟时间曝光,影像依然清晰,大师的手端功夫确实了得。

槐仍在。

1938年8月大舅转入三大队,住延安北门外。10月又并入一大队,大队长是苏振华,政委是胡耀邦,住在瓦窑堡镇外米粮山。

在抗大学习的日子很紧张,有几件事给大舅留下了深刻印象:那会儿的延河水很深很宽,大舅经常横渡,还因此被河底的玻璃划破了脚。也曾见冼星海从河边的大石头上跳下,扎猛子戏水。那时延安各界集会前都要唱歌、拉歌,指挥抗大的是一位女生队的同学,热情活泼,富有感染力。

因为指挥唱的歌曲有著名的抗日歌曲《干一场》，时间长了，大家都把"干一场"当成了那个同学的别称，并在各界广为流传。直到很多年以后，大舅才知道，那位同学就是大名鼎鼎的"无名七杰"之一的张露萍烈士。

1939年3月，大舅从抗大第四期毕业，毛泽东亲临毕业典礼并做了讲话。

毕业后，大舅和同学崔晓峰（后来牺牲）、劳森（后来病逝，曾设计颁发给狼牙山五壮士的奖章）一起，分至

图10 送伤员重返前线。

中央军委直属队政治处，大舅任教育干事。1939年下半年，中央准备成立警卫团，军委直属队政治处要合并过去。恰恰这时中央也准备抽调一批干部到前方去，大舅就和崔、劳二人商量，觉着跑了这么远参加抗战，却一个日本鬼子也见不着，还老挨他们飞机炸（当时日寇频繁轰炸延安，我们只有在清凉山上的一个机枪连负责防空，没有专用的高射机枪，只能用轻重机枪代替。当时大舅到这个连检查过工作），受够了这份窝憋气，不如到前线真刀真枪跟鬼子干！于是，就推举大舅找政治处主任龙开富谈。本来龙主任已定好要带他们三人到警卫团的，哪能轻易开口放走？大舅就和龙主任磨，最后龙主任被磨烦了，说："好，好，好，你们都走。"

1939年7月中旬，大舅与赵烈、张致平（赵烈牺牲后，任晋察冀画报社指导员）、崔晓峰、劳森等拟调至晋东南太行山八路军总部的干部30余人，与深入敌后办学的抗大总校一起从延安开赴华北敌后。出发前，延安各界举行了隆重的欢送大会，毛泽东做了讲话。

奔赴前线的路程非常艰难。当时正值日寇对太行山根据地实行穷凶极恶的"九路围攻"，前线八路军将士正在进行艰苦的反"扫荡"，大舅他们就在陕西榆林的佳县住了一个多月。后来经强渡黄河、翻越五台山、过同蒲路封锁线等难关,靠双腿跋涉陕西、山西、河北25个县2500多里,历时两个半月,到了晋察冀边区,这个历程后来被称为"小长征"。当时日寇对同蒲路南段封锁非常严密,本来要到晋东南八路军总部的30余人就改道同蒲路北段,留在了晋察冀边区。敌人设在同蒲路两侧的封锁区纵深达150余里,分为多层,必须在一夜之间快速通过,不能停留。下午4时,大舅他们在张宗逊三五八旅的掩护下,开始分三批过封锁线。到第二天上午10时,一口气走了150里路,其中过铁路的20多里完全是跑过来的。等到宿营地时,两条腿已经

图11 大舅陪友人在解放区参观。

抬不起来了，上炕要用两只手扳着才行。大舅说，最艰苦和危险的是掩护部队，过封锁线之前，他们要先在铁路两侧架好重机枪，部署警戒，等全部部队过去后，还要四个人一组抬着重机枪，在庄稼地里跑向下一道封锁线，再组织警戒。什么叫累？那才叫累呢。队伍里张致平和另一位女同志由一个班的战士负责护送，几乎是由战士们架着胳膊拖过封锁线的。

到晋察冀边区后，大舅被分到第二分区。1939年11月，分至二分区两个主力团（十九团、四团）之一的十九团三营当教育干事。也就在这时，为便于敌后工作，不暴露身份，经二分区政治部组织科批准，大舅的名字也由"温象坤"改为"徐惠人"，从此，这个名字伴随大舅一生。二分区是连接晋察冀军区与延安的重要通道，与敌伪的斗争异常激烈，在那段艰苦的日子里，大舅先后经历了分区政治部编辑干事、分区后方医院教育干事、十九团国文教员、河北区队（四区队）教育干事多个岗位。活动区域在山西代县、山阴县、五台县、定襄县、繁峙县一带。

对参加过的战斗，大舅很少说，但对当时艰苦的斗争条件，大舅却多有提及。一是缺弹药。当时部队人均不足一杆枪，国民党不给，只能从敌人手里夺、从民间收集，加上自己制造。大舅参加的第一次战斗是攻打鬼子据点，只发了一颗手榴弹。缺枪支,弹药也不足。一般一次战斗每个战士只能配发几发子弹。战斗结束后还要把子弹壳收起来,交边区兵工厂再装上底火和火药,配上自制弹头,做成"复装子弹"。这种子弹弹道性能不稳,杀伤力不够,在遇到重要的战斗时,大家都会尽量用缴获敌人的"绿头子弹"。在一次战斗中,大舅曾见到我们的掷弹筒手非常准确地将炮弹打到进攻的五个日本鬼子中间后爆炸,当时就想,小鬼子该上西天了,但没想到鬼子爬起来后还接着往前冲。因为边区造的炮弹装的火药威力不足,爆炸后弹片破碎程度不够,都是大块,杀伤力低。"当年八路军战士就是用这样简陋的武器与凶残的敌人搏斗啊",大舅非常感慨。对坊间关于与鬼子拼刺刀的一些传言,我也曾经请教过大舅,他是这么回答的:鬼子一是系统化训练比我们好,二是吃的比我们好,身体耐力强。我们吃的是啥?体力跟不上啊!但八路军也有对付的办法——不行了就开枪把他撂倒!因此,一些有经验的老战士都会在上缴缴获的鬼子子弹时,给自己偷偷留几发,以备不时之用。再是缺给养。晋察冀军区属于敌后根据地,和根据地隔着两道封锁线,由于百团大战后日伪的报复性大"扫荡"及"三光"政策,部队的给养物资极度匮乏。1939年大舅到二分区时,已进入冬天,战士们还穿着单衣。白求恩大夫在给负伤战士做完手术后，发现伤员们依旧穿着负伤时候的血衣，非常震怒，把旅长叫来，拎着战士的血衣，用仅会的几句中文对旅长连声喊着："你穿！你穿！"旅长问明情况后，也只好动员有多余衣服的战士把衣服拿出来给伤员。在十九团时，没有粮食，只好用缴获鬼子喂马的黑豆充饥，一些连队干部还把仅有的一点黑豆留给战士，而自己饿肚子。为自力更生，部队还开展了生产自救。白天天不亮出去与敌人周旋，晚上回来自己种植谷子、土豆等粮食蔬菜。收获的粮食除了满足部队外，还交公粮呢。

毛泽东对这种自力更生的行为给予称赞，曾为此撰文《游击区也能进行生产》。在后方医院里，因为没有手术用的锯子，只好用木工锯代替，没有麻药，伤员们只好挨着，手术时伤员们那个惨叫啊，真叫人心碎。

就在这样艰苦的条件下，二分区的八路军部队坚持敌后游击战，在运动中与日寇周旋，伺机消灭敌人。

当时大舅所在的十九团凌晨3点就得吃早饭，如果稍微晚一点，敌人就来了，吃完饭就出去与敌人周旋。上午9点吃午饭，下午3点吃晚饭。就这样，敌我双方天天在山上转圈。八路军在寻找歼敌的机会，敌人也在寻找八路军。就这样从1942年10月到1944年10月，大舅所在部队就没脱衣服睡过觉，枪支子弹也时刻不离身，一有情况，爬起来就能应付，真的是枕戈待旦。行军时有一次遇到大雨，那雨大到什么程度？就像往下倒一样，呼吸都感到困难。队伍走着走着，有的战友扑通一声倒下，再也起不来了……

在众多倒下的战友中，大舅最难忘的是一位叫邱国栋的年轻战友。邱国栋是河北邯郸人，比大舅小几岁，工作积极、待人诚恳，两人很合得来。全民族抗战初期，八路军还没有到他家乡的时候，那里的老百姓就自发组织起抗日武装打鬼子，他爷爷、父亲等都牺牲了，全家只剩他一个人。八路军路过他家乡，他就参加了八路军，任勤务员。后来部队精兵简政，劝说非战斗的勤务员、马夫、炊事员回家。邱国栋坚决不回，部队走到哪儿，他就跟到哪儿。最后部队看其态度坚决，就又收留了他做译电员。邱国栋牺牲于敌人的一次偷袭中。当时邱国栋在撤退时腿部受伤不能行走。同志们来救他，他把身上背的重要文件和物品交给同志，催促大家不要管他，赶紧撤退。同志们走远后，他又想起上衣口袋里的电码本，赶紧掏出埋在身下并坐在上边。这时伪军已经逼近，高叫着要他投降，邱国栋厉声喊道："你们当亡国奴，还想让我也当亡国奴！"举起手枪就打，可惜赶上一颗臭子，没打响。这时，敌人的枪响了……那个打死他的伪军还到处宣扬，说："这小子真不识好歹，我叫他投降，他还开枪打我，这不是找死么？"

图12 大舅（右三）与战友合照。

（后来这个认贼作父的汉奸被部队抓住枪毙了）敌人用刺刀把邱国栋身上的衣服口袋全部挑破了，什么也没有搜到。邱国栋，这位英勇的年轻战士用生命保卫了电码本和部队的安全。事后，战友们纷纷在二分区的刊物上撰文悼念，大舅也写了题目为《化悲痛为更坚决地与敌人斗争的力量》的文章。

回顾大舅在晋察冀军区的战斗历程，不能不提沙飞、吴群、蔡尚雄、赵烈、张致平这些中国红色战地摄影的先驱。当年大舅在延安抗大毕业后，是与赵烈、张致平等三十人一起出发奔赴晋察冀前线的。在晋察冀军区二分区时，又在工作中与沙飞、吴群、蔡尚雄相识并相交。摄影，在那个时代，对一般人来说还是一件比较"奢侈"的事儿，正是这段与这些红色战地摄影先驱们的特殊经历和友谊，大舅留下了许多珍贵的照片。大舅是一个非常注重保留资料的人。许多记录他战斗岁月的照片都存在一本缴获自日寇的大相册里。这些珍贵的照片，对研究中国红色摄影史和抗战史不无裨益。

在那一批红色摄影家中，最突出的无疑是沙飞了。在与沙飞的交往中，大舅记录了两件事：

一件事是在1946年，大舅已调至晋察冀军区卫生部工作，沙飞为扩大《晋察冀画报》的出版印刷工作，想试制一种马拉的轻便印刷机。可是当时解放区的工业基础薄弱，没有什么可利用的东西，沙飞就找到大舅，想在卫生部找一些报废的医疗器械，拆下零部件使用。听他说明来意后，大舅问他行吗，沙飞很肯定地说："行，我试过。"大舅就给他提供了方便，后来这马拉的轻便印刷机还真让他搞成了。

另一件事是沙飞出事的那天上午（1949年12月15日），大舅恰好到石家庄白求恩国际和平医院看望舅妈（那时舅妈身体不适住院治疗），得知沙飞当天就要出院了，非常高兴，特意去看望了他，相聊甚欢。谁知大舅走后不久，沙飞就出事了。据后来舅妈回忆，当时他们听见枪声，就赶紧跑过去看，只见日本医生倒在地上，沙飞拿着手枪，嘴里不停地说："我打死了一个日本特务。我打死了一个日本特务……"这时，沙飞的警卫员赶紧夺下沙飞的手枪。事发后，医院的日方人员曾集体罢工要求枪毙沙飞。对沙飞的最后结局，大舅非常惋惜，直到1986年为沙飞平反恢复名誉，才觉得于心稍慰。

从延安抗大学习直到1946年初这八年的时间，大舅与父母家人失去了联系，直到1946年2月份，大舅的亲密战友芦起给远在招远的姥爷写信并附寄了大舅的两张照片，告知了大舅的状况，家人才知道了日思夜想的大舅的信息，而这时，我的二舅已不在人世了。

二舅是受日本鬼子威吓成疾而去世的，当时只有十二岁，正读小学。据母亲回忆，日寇占领招远县城后，有一次鬼子和伪军一起到家里"搜八路"，恰好姥爷在东关的药店里，姥姥带着母亲在乡下，家里只有二舅一个人，鬼子们吓唬说二舅就是八路，极尽一番威胁后才走。由于年龄小，又孤单一人，二舅从此惊吓成疾，最后不治而终。

而自从七七事变后离开故乡家人，直到父母双亲离世，大舅再也没有见过双亲二老。其间尽管收到过文章开头姥姥那封催人泪下的家书，但因为战事紧张、工作繁忙，大舅终究未能成行。而这，也成为大舅终生的遗憾。

全国解放后，大舅在北京军区政治部工作，1958年被授予三级解放勋章和三级独立自由勋章。1964年转业到第二机械工业部监察委员会工作。

选自《老照片》第一一○辑，图文有删减。

美联社记者韩森的红色之旅

王 淼

1950年3月13日,美国参议院外交委员会听证会上,参议员麦卡锡(Joseph Raymond McCarthy)指控时任美国国务院官员的韩森(Haldore Hansen,1912—1992)为"亲共产主义者","抗战爆发时在北平编辑共产主义刊物""长期与中国共产党游击队为伍,替他们撰写新闻报道和拍摄照片""在他的书中认为共产主义是解决亚洲问题的答案"。在罗列了一大堆罪名后,麦卡锡给韩森下了一个结论,"此人是肩负着向全世界输出共产主义任务的人"。此时,麦卡锡主义刚刚在美国兴起,一大批与中国有关的美国学者、官员被指控通共,而美国国务院则被麦卡锡炮轰为"共产主义大本营"。几个月以后,国会调查组洗刷了韩森的不

老照片 红色记忆

图1　韩森在河北阜平

白之冤,但他仍然在1953年被迫从美国国务院离职。作为麦卡锡主义的受害者之一,韩森最大的"过错"恐怕就是在抗战时期和中国共产党有直接接触。

作为少数几个抗战初期深入抗日根据地,采访过中国共产党最高领导层的西方记者,韩森留下了大量珍贵的照片和文字报道。在晋察冀根据地和延安,韩森不但拍摄了毛泽东、朱德、周恩来、彭德怀、贺龙、聂荣臻、王震、杨尚昆、罗瑞卿、萧劲光、徐海东、徐特立等中共领导层的照片,也留下了八路军战士、"红小鬼"、中国老百姓等普通民众的身影。其关于中国抗战形势与抗日根据地的英文报道大多发表在中外著名英文报刊,许多文章还被翻译成中文转载于国内报纸。美国学者肯尼斯·休梅克甚至称韩森为抗战前期最值得注意的与中共有深入接触的西方人之一。然而,令人奇怪的是,在此后的学术研究和一般的纪实作品中,韩森却奇迹般地消失了。无论中国还是西方世界,韩森很长一段时间似乎都并不存在于历史研究的长河里。

韩森所拍摄的珍贵照片,也只有一部分为世人所知。1983年,韩森访问中国时,向中国人民革命军事博物馆捐赠了一百五十余幅照片,其中只有极少数公开展出过。1986年,韩森出版了个人的回忆录《我在第三世界的五十年》(*My Fifty Years Around the Third World*),其中收录了十几幅抗战时期的照片。直到1992年韩森去世后,其夫人将这批照片捐给韩森的母校卡尔顿学院,随后校方将这批照片数字化,并放在互联网上,韩森及其所拍的珍贵照片

图 2　河北省安平县举办的一场抗日剧演出

才逐渐被外界所知。2017 年,韩森出版于 1939 年的著作 Humane Endeavour: The Story of The China War 被翻译成中文,由解放军文艺出版社以《中国抗战纪事》为书名出版,书中将韩森捐赠给军博的照片公之于众。不过,无论是卡尔顿学院网站上的韩森照片集,还是军博的收藏,并非韩森照片的完璧。作为战时美联社雇用的在华兼职记者,韩森所拍摄的大量照片和撰写的通讯稿、战时日记等都完整

图3 欢迎韩森的标语

图4 战士们正在使用缴获的日军重机枪。

峥嵘岁月 79

保存在美联社档案数据库中。光是照片而言，就有三个影集，总计五百零七张。

在中国共产党的发展历程中，西方在华新闻记者如埃德加·斯诺、史沫特莱、爱泼斯坦曾经提供了巨大帮助。抗日战争全面爆发后，大批西方新闻记者来到延安，希望了解这个在外界看来带有神秘色彩的组织及其领导下的抗日军民。根据韩森的两本回忆录以及其原始档案，笔者尝

图5　根据地的机动部队

图 6　战士们正在训练。

试还原这名带有冒险和传奇色彩的美国记者在战时中国的经历。

一、奔向东方：从冒险者到战地记者

1912年，韩森出生于美国明尼苏达州德鲁斯。1934年，他从卡尔顿学院毕业时正是美国刚走出大萧条危机的时刻。作为一名经历过史无前例的世界性经济危机的大学生，韩森和他的同学都为个人前途所困扰。由于韩森本科毕业论文方向是中日关系，他被当时前往远东冒险发财的社会风

图7 一位腰别驳壳枪的小战士

潮所吸引,加上一名中国同学答应他,可以帮助他到北平寻找机会。因而,身无分文的韩森就向银行贷了一笔款项,拿着一百二十五美元踏上了开往东方的客轮,其目标是到中国成为自由作家或新闻记者。

在旧金山港口,韩森因为资金不足,偷上了一艘日本客轮。不过,很快他就被船员抓住了,随后被日本人关进了船上的禁闭室。客轮到达檀香山后,韩森被赶下船,关入了檀香山监狱。当地法官对他网开一面,判他支付船费,并搭乘下一班轮船离开。韩森在花完了身上所有的钱后,搭船到了日本东京。他投奔了东京的一个笔友诚一浅田,浅田带着他参观了东京繁华的商业中心,还和他一起到富士山露营。在日本的一个多月,韩森目睹了日本社会的军事化,百货商场里放置着日本海军的大幅宣传展览图片,学校里的学生研究海军新型战舰模型和机关枪。日本青年在野营过程中展示的坚忍不拔的毅力,让韩森惊叹不已。

1934年9月,韩森来到北平,靠着给曾任清华学校校长的张煜全做英文秘书维持生计。第二年,他在一家中国商业专科学校任教,同时在一所中学教授体育。在努力学习中文的同时,韩森进入了北平的西方记者圈子,结识了一些后来赫赫有名的西方记者,如1938年编辑出版《外人目睹中之日军暴行》的澳大利亚记者田伯烈(H. J. Timperly)以及埃德加·斯诺等人。斯诺建议他到中国各地

图8　三位女战士

图9 河北蠡县模范小学的学生

漫游，撰写稿件出售给在华的英文报刊。

1935年暑假，韩森开始到中国各地旅行。为了方便考察，1936年，韩森前往汉口的华中大学教授英文，他还兼任汉口的《自由西报》（*Hankou Herald*）编辑，并替美联社撰写稿件。他的文章开始发表在上海的一些英文报刊上，如《大陆报》（*The China Press*）、《密勒氏评论报》（*The China Weekly Review*）、《字林西报》（*The North China*

图 10 在八路军战士的护送下,韩森在山峦间行走。

Daily News)等。

1937年暑假,在华中大学的学期结束后,韩森回到北平。他加入斯诺夫妇创办的英文刊物《民主》(*Democracy*),

图11 民众正在把古老的大钟挂起来,用钟声当作防空警报。

这是一份宣传抗日特别是主张联合各方力量抵抗日本侵略的杂志。在韩森回到北平两周后，卢沟桥事变爆发。韩森和他的新闻记者朋友不顾危险，多次前往中日交战的前线观察实际战况。纽约的美联社为了及时报道战争状况，此时正式雇用韩森为驻华战时记者。此后，韩森跟随日军在河北、察哈尔等地报道战场情况，及时向美国发回第一手

图12 八路军战士非常珍爱他们的马。

战时新闻。

1937年9月底,日军在付出惨重代价后占领保定。韩森在战斗结束后来到保定,通过采访当地中外民众,他记录了日军强奸中国妇女、随意枪杀无辜民众、烧毁房屋、轰炸西方建筑等暴行。在韩森返回北平时,在火车站遭到扣留,他随即被日军宪兵关押审问。作为唯一到访过保定的西方记者,韩森将其撰写的新闻稿交给了前来探望他的友人,并通过日本人的航空邮件寄到美国,新闻稿刊登在纽约的各大报纸。日军对此既震惊又难以理解,韩森最终

图13 为削弱游击队的力量,日军烧毁了根据地的村庄。

图 14　持冷兵器的民兵

被关押了两周后获释。

二、穿越火线：到抗日根据地

1938 年 5 月，美联社指示韩森穿越日本封锁线去观察中国共产党在敌后创建的游击区。韩森在 6 月 11 日通过一名中共地下党员，成功地从日本占领下的北平来到吕正操

图15 韩森和白求恩

领导的冀中军区。在韩森的采访日志中,详细记录了穿越日军封锁线的场景。两万名游击队员被集中起来欢迎第一位到访的外国记者,在高呼"打倒日本帝国主义"的口号声中,韩森说他在游击队员的脸上第一次看到了战争期间中国人脸上真正洋溢着的快乐。在安平县吕正操的司令部，韩森近距离地采访了他认为的这位略显"害羞"而又"自尊和自信"的中共军队领导人。韩森深入观察了游击队的各种组织、军事和后勤设施以及普通士兵。他还跟随游击队一起参加了包围安国县城的战斗，直接从前线观看中共游击队和日军的作战。

韩森被冀中根据地抗日军民所表现出来的英勇无畏所感动，在他发表于著名的《太平洋事务》（*Pacific Affairs*）杂志的文章中指出，日本占领区内的中共游击队和地方自

图16　一位女教师正在面向女性开课。

卫政府成为日军的巨大麻烦。这篇文章影响非常大，著名国际友人林迈可（Mechael Lindsay）就是读了韩森的新闻报道决定到冀中游击区的。后来该文被上海的《译丛周刊》以"活跃于华北与华中的中国游击队"为题刊登出来。

1938年7月，晋察冀军区司令员聂荣臻派人将韩森护送到山西五台的根据地。在阜平县，韩森碰上了刚刚从延安访问归来的美国驻华武官海军陆战队上尉卡尔逊，其作为罗斯福总统特使深入华北抗日根据地，去考察中共领导

图17　延安各界民众纪念"九一八"大会

的武装力量。卡尔逊对毛泽东和朱德的描述让韩森对其红色之旅充满了期待。卡尔逊在其后的名著《中国的双星》一书中称赞韩森具有"不寻常的事业心和进取心",是"访问山西和河北游击区的第一个西方记者"。

在五台的晋察冀根据地,韩森和根据地领导人聂荣臻、宋劭文、刘光运都有接触,并多次采访聂荣臻。聂荣臻关于中共游击队主要从政治方面对日军形成打击和采取破坏日军铁路以及长期斗争的策略给韩森留下了深刻印象。聂荣臻还邀请韩森参加根据地在1938年7月7日举行的纪念"七七"抗战一周年及追悼阵亡将士大会。韩森也在大会上发言,根据《晋察冀日报》的报道,韩森谈到"我被诸位的精神感动了,暴风雨不能阻止你们开会。同样,日本帝国主义也不能战胜你们"。

在离开五台前往山西屯留八路军总部时,韩森遇上了另外两位国际主义战士白求恩和布朗医生。韩森在他的著作中对白求恩及其医疗团队的工作也做了细致描述,认为白求恩为"游击队提供了非常出色的服务"。白求恩在给友人的信中则形容韩森为"一个善良的小伙子,个子很小,但在政治上很单纯"。

1938年7月底,一支参加过长征的八路军精锐部队护送韩森,八路军士兵在低劣装备下所展示出的高昂斗志和强大战斗力让韩森迷惑不解。他认为八路军士兵坚强的政治信仰可能是主要原因。在晋南沿途所见日军的侵略暴行,让韩森认识到日军"恐怖主义政策只能唤起那些从前对战争持冷漠态度的农民,甚至坚定了乡村绅士阶层的抗日斗志"。8月初,韩森在屯留故县镇的八路军总部待了五天。虽然朱德不在总部,但是他采访了包括彭德怀在内的许多八路军官兵。

8月中旬,韩森转道西安,在这里他第一次近距离地

图18 延安窑洞前的知识女性

接触了八路军总司令朱德。朱德所表现出来的沉着老练使得他对外界送给朱德的"中国的拿破仑"外号表示不解。在他看来，朱德更多的是"喜欢安静，彬彬有礼"。韩森前往延安采访的事宜由驻在西安的陕甘宁边区政府主席林伯渠亲自办理。

三、采访毛泽东：延安的客人

9月14日，韩森与彭德怀、邓小平同车前往延安。从9月17日开始，韩森在延安待了两个星期，对这个"青年心中的圣地"做了深入和细致的观察。韩森在延安街头目睹普通民众的日常生活，和延安的军民一同观看免费播放的苏联电影，到抗日军政大学体验爱国青年学生的学习，在操场上聆听朱德总司令的演说，拜访鲁迅艺术学院的文艺家如丁玲、沙汀，请延安的军政领导人如王震、徐海东、贺龙、谢觉哉、罗荣桓、萧克、关向应、罗瑞卿、杨尚昆、萧劲光等人吃烤鸭。在他采访了贺龙和徐海东两位将军后，两位将军讲述的与日本军队作战的经历，让韩森意识到中共军事指挥官的勇敢顽强。而在和时任抗大校长林彪的交谈中，他对中国青年为何前赴后继地投奔延安也有了新的认识。

韩森在延安最重要的一次采访是对毛泽东的长达六个半小时的访谈。这次访谈从晚上8点半持续到凌晨3点，毛泽东热情而周到的待客之道，甚至亲自给韩森搬椅子和倒茶的行为，让他感到毛泽东像是"一位在客厅接待客人的有教养的英国绅士"。而毛泽东对于抗日战争进程的准确预测和宏大战略视野，则让韩森深刻明白"毛主席"为何广受中国民众欢迎。毛泽东的《论持久战》在韩森到来前刚刚出版，他向韩森讲解中国抗日战争所必须经历的战略防御、战略相持、战略反攻三个阶段。毛泽东令人惊叹地预测武汉和广州将会沦陷，日本军队在占领中国东部沿海交通线后，将因为敌后游击队的打击和军事力量不足被迫停止进攻。韩森当时在他的采访日志中表示了怀疑，而随后的历史进程则证实了毛泽东预测的准确性。

在回答韩森关于"新民主主义革命"和"统一战线"的问题时，毛泽东耐心地解释了中国共产党当前的任务是团结各方力量抵抗日本侵略，但是并不意味着中共的革命纲领有所改变。毛泽东展望了中国革命的前途，指出在打倒日本帝国主义之后，中国将面临和平建国的契机。中共希望用一种和平方式解决与国民党的矛盾，进行社会改革。尽管内战并不符合中华民族的最高利益，但是如果资产阶级破坏统一战线，与中国人民为敌，那么中共除了武装反抗并没有别的选择。

韩森在其采访日志中感慨，毛泽东不懂任何一种外语，却知道天下事。这个看起来其貌不扬，甚至更像农民的领袖，远远超过了那些出国留洋和正规大学的毕业生。而毛泽东的谦虚好学和富于逻辑的思维也给韩森留下了深刻印象。

10月1日，韩森结束了延安之行，他此后坚定地认为中共比其他任何组织都在全心全意地抵抗日本侵略。韩森在1939年1月回到美国。同年，他将自己在中国的经历写成 Humane Endeavour: The Story of the China War（中文译名为《中国抗战纪事》）一书出版。虽然评论界给予该书极高的赞誉，却并不畅销。韩森回到美国先是从事新闻业，后在1942年初进入美国国务院，负责与中国有关的文化事业工作。

韩森于1953年离开美国国务院后，开始到第三世界国家从事农业方面的工作。1975年9月，韩森到中国考察农业，此后多次到中国指导农业生产。在他1986年出版的回忆录中，韩森提到了中国在改革开放后的巨大变化和进步，直言其变革远远超出了大多数人的预计，和他在五十多年前所居住的中国变得完全不一样了。

选自《老照片》第一三三辑，图文有删减。

地下党忆往点滴

郁云明 口述　陈卫平 整理

今年（2011年），我已经八十四岁了，回首六十多年前的地下党生涯，依然印象鲜明，历历在目。

接转组织关系

我是扬州人，从小目睹国土沦丧、日伪横暴。在扬州高中参加了地下党的外围组织"读书会"。一次，父亲告诉我，你的三哥（堂哥）郁镐曾到过苏北新四军地区。我便将"读书会"的情况写信告诉了在上海的三哥。他立即回信嘱咐我不要在信件中谈这类问题。抗战胜利前夕，我因组织遭破坏未能进入苏北，不得不经南京来到上海，也见到了三哥。曾就读圣约翰大学的他早已是共产党员，而我对他回信中警告式的嘱咐也涣然冰释。这时三哥已经患重病住院，但立即把我介绍给了地下党的关系。经过数月考察，1946年1月我秘密入党，时年十九岁。可惜，三哥不久病故，年仅二十九岁。他家境不错，但选择了自己追求的人生道路。

图1 郁云明，摄于1947年春。时在上海市直接税局工作。

入党后，我所在的小组利用华联同乐会（一个洋行华籍职员的联谊组织）开展活动。我当时就业于财政部上海市直接税局。到局里一段时间后，有一位葛姓职员主动接近我，不仅和我聊天，还请我到他家吃饭（他和弟弟住在上海复兴中路淡水路口一座独门住宅，他父亲在南京的最高法院任法官）。从他和我的谈话，如谈时事、谈人生等内容中，我感觉到他有发展我加入进步组织的意思。我将这一情况向领导报告。领导指示说：有可能是伪装进步的特务，弄不好会破坏组织。让我立即与葛姓职员脱离接触。我自然照办了。

不久，同乐会先后进来一男一女两个新会员，专门打听会员的各种情况，行迹可疑。领导感觉到会有危险，决定停止在同乐会的活动。为保证组织和党员个人的安全，停止现有的联系，告诉我们等待重新接转关系。

从1946年7月停止组织活动，有半年时间一直无人来联系，我十分焦急。1947年初春的一个星期日晚上，我正在江宁路的单位宿舍休息，突然有一个陌生人进来找我。

他说：某人介绍我来找你要一些税务资料。

我答：在泰兴路家中，一同去取吧。

这正是当初约定的接头暗号。我抑制住高兴的心情，与来人一同走到外面。他问：你知道税务局的葛某吗？我回答：当然知道。来人又说：今后由他领导你。听了以后我真是喜出望外。下一次见到老葛时，两人都不由露出会心的笑容。这样我就恢复了组织活动。解放后，老葛的父亲随国民党政府去了台湾。他一直在上海工作。

在督察室送情报

1948年我失业了，我找老葛商量今后怎么办。当时正好上海在招收学警，于是我去报考，一可解决生计，二可打入警察局内部。报考警察对学历的要求是小学毕业以上，我毕业于省立扬州高中,很容易考上了。先到上海警校受训约半年,1948年11月毕业后被分配到卢家湾警察分局。我知道分局里应有地下党,但是我所在组织与党的地下警委不属一个系统。当时地下党对接转组织关系极为慎重。故而直到解放,我的组织关系也没来得及调转。

不久,上海市警察局成立分区督察室,一个督察室分管几个分局。卢家湾分局原是法国巡捕房,设施好,房子多,便在这里设了一个督察室,督管卢家湾、嵩山、新城等几个分局。该室要求分局提供一名能写能搞收发的文员,当时的警察文化水平多是小学程度。分局选中了新到的我。我便脱下警装换上便衣,每天坐起了办公室。督察室直属市局,每天都会收到下发文件或指令。我在其中发现了不少有价值的情报,如军队在郊外调动的部署、口令(战事日益紧迫,口令每天都有变动)等。我又发现,几位督察大员午后都要外出到各分局督察,我便利用这个短暂的时间把情报抄写下来,然后打电话给老葛。

当然危险也始终伴随。著名的秦鸿钧(电影《永不消逝的电波》中李侠的原型之一)案就发生在离分局本部不远的新新南里(现已辟为田子坊,名扬遐迩),时间是1949年3月。警察局内部地下党也有出事的。普陀区警察局地下党组织就被侦破,十多名党员被捕,而且就关在卢

图2 郁云明，1949年4月摄于上海复兴公园。时在卢家湾警察分局工作。

家湾分局大楼底层的拘留所，不久被押往宋公园（现闸北公园）枪决。时间距上海解放仅有半个月。那天早上一上班，我就望见分局周围均被封锁，紧接着看到地下党员们被押出来推上警车。其中有一老一少，老的五十多岁，少的二十岁左右，神情镇定。不知为何，对他们的面容我至今记得清清楚楚。又，张权将军被杀一事在当时也很轰动。

执勤的交警回来对我说,今天在淮海路杀了一个大共产党。当时报载是银元贩子,所以我问他,你怎么知道?他说,张权临刑前一直高呼"共产党万岁"的口号。

有一个颇具戏剧性的插曲。我到分局不久,就注意发展问题。我发现同宿舍的一个警长与别人不同,有文化,对人比较随和,便有意接近他。4月某日晚上,他突然来宿舍,推醒熟睡中的我,只说:今晚要离开此地了,把你的表给我用好吗?我马上断定他是暴露身份的地下党员,当即解下表给了他。次日他即不知去向,几年后他从福建来沪出差,他供职的单位是福建省公安厅。

解放前夕

最后一任警察分局局长姓张,5月25日午后急忙出逃,临时指定一名湖南籍警官张某为代理治安股长。

5月20日上海解放战役打响后,枪炮声越来越密,越来越近。警员们(当时分一般警士和警官两级)已经人心不稳,25日午后,各交通岗亭纷纷打电话到分局来,报告国民党军不断北撤,外面气氛紧张,询问如何维持。我担心发生混乱,就与代理治安股长张某面谈,促他召开警官会议,稳定一般警察情绪,维持秩序。张某答应下来,但要求我参加此会并发言。我犹豫了一下，还是答应参加了，临到会场前，以防万一，我到武器库（当时称枪间）要了一支手枪，别在身上。我在发言中旁敲侧击，指出作为警察，当前应该维持秩序，迎接进驻。警官们未表反对。

25日晚10时左右，解放军（后来知道是三野二十七军的部队）开到分局对面的弄堂，深夜进驻分局。除征用一间房子架设电台外，其余战士均在二楼走廊席地而睡，未进入任何房间。看来部队有不准进入的命令。第二天，分局地下党支部书记老徐（原是分局警察，解放前夕被调到其他分局）来到，听到昨晚警官会议的事，便来与我商量，为防止发生混乱，分局应成立保管委员会。随即我主持召开了一般警察大会（不让警官参加）。会上推举徐为主任，我和其他两人为副主任（后来知道他们均为地下党员），要求警员们在恢复正常秩序前，即被接管前，仍各司其职，维持社会交通和治安秩序。直到28日解放军接管人员到分局前，警察们一直按部就班执勤。当时老徐和我虽然都猜到了对方的身份，但始终都未相互挑明。这涉及当时地下党组织的保密原则。接管以后，我从地下走入地上，正式转入公安局党组织。多年后，我收到《上海市卢湾区公安志》一书，里面介绍了以上的经过。

整理者附记：

在记录舅舅郁云明的回忆期间，我有缘看到了《沧海拾笔——张毓中回忆录》，台湾传记文学出版社2009年出版。也许，书成于风雨过后多年，记述和用语都相当平实。张氏（1910—2003），浙江青田人，浙江警校毕业，与毛森（1949年任上海警察局长）同学。后进入蒋介石侍从室。据此书描述，1949年3月2日他出任卢家湾分局局长。5月25日下午率七人（多为原军统同事）开两部吉普车撤退。当时秩序混乱，张凭借早已不用的侍从室工作证，以及认识毛森，得以脱身。又，赴台后张在台北市警察局局长任上退休，随他出走的分局股长郭哲日后官至国民党中央副秘书长。我把以上内容告诉舅舅，他微笑说："记得这位张局长。"

选自《老照片》第七十八辑

我的战地摄影生涯

赵 淮 口述　李俭朴 整理

第一次写稿

我是山东微山人。1944年夏,我十五岁。在三姐夫杜秋航(1938年入党,时任区长)的动员下,报考进八路军鲁南军区二分区(兼警备八旅)青干校。部队很苦,同来的人走掉了一半。部队领导看我读过私塾和高小,把我调到宣传股,又派我去参加山东军区新闻摄影训练班。我们鲁南军区同行的8个人,换了便衣,穿过敌占区,走了一个月才到达山东军区所在地滨海。军区第一次举办新闻摄影训练班,由山东军区《大众日报》选派有经验的老军事摄影记者,讲授采访、新闻摄影和冲洗技术;记得教员中有军区保卫部干事何世宝,讲授新闻摄影在实战中的应用。这次训练班影响很大,除了训练班学员40余人听课,军区机关干部也来旁听,其中就有著名的战地记者、摄影家康矛召。

一个月后,返回二分区,受领下部队采访的任务。二分区位于津浦线以西,下辖邹城、凫山、滕县、兖济、临城5个县。这么大的地方,分区主力部队和各个县大队、区小队,几乎天天在打仗。到哪去,采访谁,都不知道。正赶上分区骑兵连押着俘虏,带着战利品,喜气洋洋地返回驻地。我忙找到骑兵连指导员张建中,一唠起来,还是老乡,我很高兴,缠着他不放。张指导员告诉我,有一股顽军,勾结日寇,祸害百姓。骑兵连长途奔袭,歼灭了顽军,打了一个大胜仗,缴获大批战利品。我说你的任务完成了,我的采访任务还没影呢。指导员爽快地答应下来,找来一个腼腆的战士,介绍说:"这是骑兵连的战斗英雄,叫刘建华,打仗很勇敢。这次战斗,一人缴了一挺机枪。"刘建华慢慢地打开了话匣子,细细讲述起曲折激烈的战斗经过。我边听边记,只恨自己笔拙,记不下来。根据采访的素材,反复改写,不会的字,用别字代替,总算笨笨磕磕地写成了几百字的稿件。也不知这样写行不行,又给编辑写了信,说了我的采访经过,和部队打胜仗后的高昂士气,一起寄给军区《鲁南报》。

过了半个月，分区通信员急匆匆找到我，说分区领导叫我去。到了司令部，分区副政委递给我一张散着墨香的铅印《鲁南报》，上面登了我采写的刘建华事迹稿，编辑给拟的标题是《一马当先缴获大》，同时刊发了给编辑的信，改了稿件里的错别字。副政委高兴地说："咱们二分区这么多部队，两年来第一次上军区报，战士们别提多高兴了。这也是一个大胜仗，得庆贺一下，中午在这吃饭，加一盘炒土豆丝！"第一次采访，第一次见报，虽是小小的"豆腐块"，却使我见到新闻报道对抗战前线军民的巨大影响力，受到很大的鼓舞。从此，我与新闻宣传结下了不解之缘。

铁道游击队缴来照相机

那时候，我像战士渴望补充武器弹药一样，做梦都想有一台相机。相机我只在培训班见过，从没摸过，摄影也是纸上谈兵地学过原理。根据地物资奇缺，根本没有摄影器材和冲洗的药品。一天，副政委问我有什么困难。我提出，能不能给搞台相机和胶卷、冲洗相片的药品。副政委找来分区敌工股长，作为一项任务交代给他。敌工股长想了一下，马上给分区在敌后活动的铁道队（即声名赫赫的"铁道游击队")写信,让他们想办法去搞。于是我换上便衣进入敌占区,在济宁附近的大戴庄住了下来。找到联络点,与铁道队同志接上头,拿出分区介绍信和需要的器材清单。铁道队同志看后很痛快,一口答应下来。铁道队确实"神通广大",津浦铁路两侧都是他们的活动区。不久,他们抓了一个与日本人有勾结的天主教神父,历数他干的以传教为幌子,暗通日本人,坑害中国人的坏事,逼迫他交出

图1 分区某团骑兵连在训练。

枪支、药品和照相器材。见有把柄被铁道队拿住，神父不敢"炸刺"，乖乖交出两支手枪、一些药品、一台德国莱卡相机和半口袋胶卷、相纸。后来，分区兖济武工队也冒着危险搞来了胶卷和冲洗药品。

相机、胶卷很金贵。我首先想到，得把分区的"机动部队"骑兵连拍下来。骑兵连有两个排，每个排两个班，一个班十多个人；穿的军装，有八路军的，也有缴获的日军军装；军马大部分是从济宁的日军军马疗养所缴获来的。我试着拍骑兵荷枪跃马的训练场景。可惜那时技术不好，不会拍摄移动的物体，只能在虚影中留下他们矫健的英姿（图1）。

带着相机，我多次跟随分区主力部队打据点，随分区武工队深入敌后打伏击，采写新闻稿件，拍摄了很多资料照片。在一次村庄袭击战中，我随着分区一团七连进了村子。七连的战术是搜索前进，打了就撤，由连队机枪组担任掩护，防备敌人反扑。机枪组战士们对于依托村庄的院落、民房打游击战很有经验，显得轻车熟路。他们进了村，马上选择好视野开阔、利于发挥机枪火力的射击阵地，在老乡的帮助下，搬来木梯，机枪组的射手、副射手、弹药手、观察员，依次攀上房顶；占领制高点，立即卧倒，做好随时射击的准备。我把他们熟练的战术动作，警觉的目光拍

图2 1945年,一次袭击战中,我军战士在村中与敌展开巷战。

了下来(图2、图3)。这次袭击战,敌人照例吃了亏。大概是怕反扑再中埋伏,只好撤出了村庄。

这些用缴获的相机拍摄的照片,都是我自己洗印的。我用棉被、大衣,把老百姓屋子的窗户、门缝蒙住,再用

峥嵘岁月 111

图3 1945年，一次袭击战中，我军的机枪阵地。

被子顶在头上操作，就成了暗室；用药没有天平称量，就在一块小木板上挖个洞，填满药，抹平，倒出来算一份，用土办法摸索出显影定影药品配比的数量。没有放大机，就用相机镜头代替，利用自然光的微光，洗出照片。今天看来，这些战争时期的照片，无论拍摄还是冲洗技术，都显得那么原始、粗糙，画面也不甚清晰，但在当年，行军打仗是家常便饭的情况下，能够留下抗日军民英勇机智的身影，已经很不容易了。这些照片，许多被新华社、《人民画报》采用，被沈阳军区档案馆存档。

赶印"号外"庆光复

1945年夏天，盘踞在鲁南岩村的顽军沈从国部，勾结日寇，残害百姓，民愤极大。鲁南军区下决心打掉这股顽敌，精心策划，调集三个分区的三个主力团，有打主攻的，有佯攻的，有打增援日军的，还有打"跑水"（逃跑）的，团团围住了岩村据点。岩村据点驻有沈从国的保安二师，高高的围墙里，修筑有炮楼碉堡；围墙外，挖了很深的壕沟。我们佯攻部队把重机枪架在平板车上，搭上木板，蒙上湿被，做成活动工事，推到围墙外，打了一宿，吸引敌人注意力。其他部队则趁夜赶挖交通壕，一夜工夫便已抵近壕沟外。天亮了，我跟着二分区一团到了前沿。敌工干事激我："我到围墙外打传单，你敢不敢去？"我一心想拍照片，哪有怕的事，提起相机就跟他走。我们悄悄走到交通壕尽头，爬上沟沿，敌工干事把劝降信绑在自制的箭头上，刚探出身子，没等拉弓就被敌人发现了，一个手榴弹飞了过来，我们连忙翻身滚下交通壕卧倒，手榴弹在头顶的沟边爆炸，落了我们一身土。后来敌工股长批评我们"不能这样蛮干"！

我军向岩村据点发起攻击，全歼了被围顽军，前来增援的日军也被我军击退。指战员还沉浸在打胜仗的喜悦中，更大的喜讯传来：鬼子投降了！宣传股长通知我，带一名战士，快到印刷厂印号外！内容是："延安电讯：日本天皇宣布无条件投降！"我们借了骑兵连的马，飞奔到军区印刷厂。不想，印刷厂厂长听了不信，以为是敌工股印对敌宣传单，说"以后再印"。我急了，让厂长自己打电话。厂长给分区首长打电话核实，被分区首长一顿臭骂。厂长脸上笑开了花，全厂连夜加班加点，印出了号外。我带着号外赶回分区，分发到部队和驻地。终于熬到中国人扬眉吐气的日子，"变天了！""鬼子投降了！"号外传到哪里，哪里军民就一片沸腾！消息像长了翅膀飞遍山区。宣传队赶排快板，有一首说的是"高粱红，谷子黄，苏联出兵打东洋，攻下东北大城市，红军战斗强又强"。

　　号外是敌伪的丧钟。下发号外时，路过一个伪军据点，给了当地民兵一张。拿着这张号外，区小队指战员和区干部，向伪军据点喊话，叫他们来人领号外，命令马上投降，把枪捆好，等待八路军收缴。见到号外，伪军大乱，忙给鬼子打电话，无人接，知道是真的了。树倒猢狲散。一个小队的伪军便乖乖交了枪。"一张号外缴了伪军的枪"，成了大家的笑谈。

战火中的小报

1946年，蒋介石集团发动内战，大举进攻解放区，解放战争爆发。华东野战军各部队经过连续战斗，急需补充兵员。鲁南一、二分区合并，我所在的警备八旅十六团武器好，战斗力强，成建制补充进华东野战军六纵十六师，由地方部队升格为野战军，番号为四十六团。我在团政治处宣传股当干事。

解放战争时期，我军各级政治机关高度重视宣传工作，军和团都办有小报，是重要的宣传方式。四十六团团报叫《连队生活》，报头是六纵副司令员郭化若题写的。政治处有两名文印员，负责刻钢板、油印和下发报纸。一个战士挑担，或牵一匹骡子，骡子背驮一副马搭，一边装裁好的纸，一边装油印机，成了团报的"标配"。频繁的战斗中，我们宣传干事要组织战前的动员、战斗中的鼓动以及战后收集战果和指战员英勇战斗的事迹，撰写和组织稿件。一边行军打仗，一边编稿。到了驻地，除了向群众散发我们印制的宣传品以外（图4），还要马上组织刻钢板，印小报。每次印100份，发到班。小报不定期，视战斗间隙，有时四五天，有时十多天一期。小报的内容很丰富，除了摘录

图4 解放战争时期,民众在传阅我军印制的宣传品。

上级报刊的社论,传达上级的精神,通报我军的战果外,大量的稿件反映基层指战员的战斗生活,介绍战士身边的英模事迹,鼓励指战员向功臣学习,英勇杀敌,光荣立功。"兵写给兵看",一张薄薄的油印小报,战士们在战壕里传看,不识字的则听别人读,确实起到鼓舞士气的作用。这样的办报经历,也练就了我能在战斗间隙的极短时间写出新闻消息的"急就章",使我在以后多年的新闻工作中受益匪浅。

淮海战场掠影

1948年11月,淮海战役中,我军围歼黄百韬第七兵团。第七兵团有四个军,十二万人,全部美式装备,是国民党军的主力。华野各个纵队一步一步地清除敌兵团部碾庄圩周围的防御据点,缓慢地向碾庄圩推进,打得很艰苦(图5)。我们六纵三个师负责攻打距碾庄圩三公里的重要据点彭庄。彭庄驻有敌一〇〇军的军部,直属炮营、特

图5　淮海战役中,战士在野炊。

图 6 淮海战役中,华野六纵四十六团一个爆破手侦察后回来报告敌情。

务营;一个师部,三个团;修筑了几百个互相连通的"子母堡",战壕纵横交错,防御阵地十分坚固。这是一场惨烈的硬仗。我军缺少重武器,攻坚主要靠炸药包、手榴弹爆破。接受任务后,各连组织的突击队、爆破班、爆破组,抓紧时间侦察爆破目标,明确进攻路线。我在前沿,拍下了四十六团一个爆破手侦察后回来报告敌情的情景(图6)。黄昏,纵队炮火准备后,开始了爆破强攻。爆破手不断地倒下,又不断地有人冲上去。随着一个又一个敌人碉堡在剧烈的爆炸声中被摧毁,敌人进行了疯狂的连续反冲锋。到午夜,我军攻进敌核心阵地。激烈的战斗持续了一夜,清晨,剩余敌人支撑不住了,向碾庄圩方向逃跑。在追击中,打伤敌军长,活捉了副军长。我军也付出巨大牺牲,有的连只剩20多人,第一批上去的爆破手大部分英勇牺牲了。我再也没有见到所拍摄的那两个战士,也不知道他们的名字。

我们继续攻击前进,打下离碾庄圩一公里的黄滩。19日晚,碾庄圩周围升起信号弹,华野开始总攻(图7)。我们六纵打西门。三天激战后,黄百韬兵团全军覆灭。徐州之敌杜聿明集团闻风逃窜,我军抢占徐州,围歼了杜聿

图7 淮海战役中,我军发起冲锋。

明集团。

淮海战役初期,淮河南北都是国民党军占领区。随着战役的发展,大批敌军被歼灭,敌我态势有了明显改变,我军掌握了战场主动权,国民党军节节败退,凭借淮河天险修筑的防线一触即溃,被迫退守长江防线。淮河防线易手,标志着淮海战场已是我军的天下。除了被我军包围待歼的少数敌军部队,淮河以北地区已无战事,部队可以白天从容渡过淮河南下了。宽阔的淮河上,纵队工兵把渡船连接起来,铺上木板,搭成浮桥。部队指战员牵着战马,背着背包,齐装满员,还有支前民工挑着担子,浩浩荡荡

图8 淮海战役后,华野六纵渡过淮河,向南挺进。

地渡过淮河。我站在岸边渡口等待渡河，看着这一场景，不仅充满了胜利的喜悦和自豪，尤其为队伍中支前的解放区民工所感动。解放区老百姓分得了土地，支前的热情空前高涨。全华野有支前民工20万之众，部队走到哪里，支前民工就跟到哪里。他们挑着担子，扛着担架，推着独轮车，牵着自家的毛驴，为我们送来他们勒紧腰带节省下的口粮，运来弹药、柴草、马料；为我们搬运伤员，掩埋烈士。为打胜仗，解放区老百姓支援前线，那是一种竭尽全力的支前，是倾家荡产的支前。有一首歌唱道"最后一把米，送去做军粮，最后一尺布，拿去做军装；最后一个儿子，送去上战场"，便是当年真实的写照。（图8）

渡江！渡江！

淮海战役胜利后，部队进行休整，做渡江的准备。我们在《连队生活》上向战士们介绍江南的特点，注意事项；宣传防疫知识。卫生队还为战士注射了防疫针（图9）。万事俱备，只欠东风了。

1949年4月20日，国共谈判破裂。当天，总前委发布命令，发起京沪杭战役。我们第三野战军是中突击集团，计划在铜陵段渡江。二十四军（全军统一番号，华野六纵

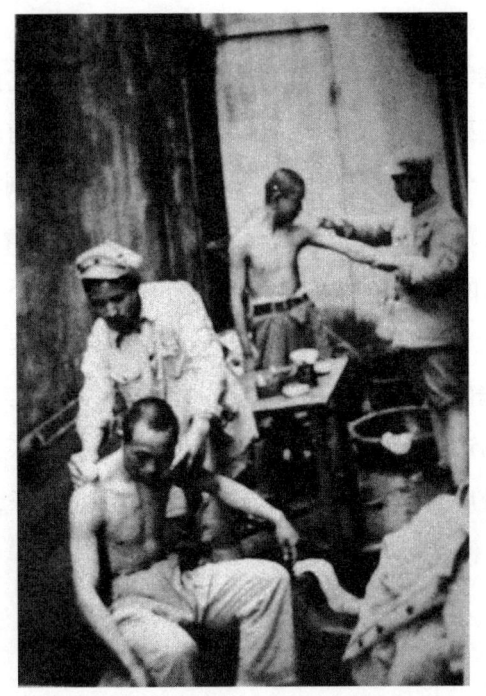

图9 1949年,渡江战役前为战士打防疫针。

改为二十四军)归七兵团指挥,是第一梯队,我们二〇八团又是二十四军七十师的突击队。

　　给我们的命令,是渡江后截住败退的敌军。登上南岸,我们马不停蹄,向东边打边跑,直插郎溪、广德方向。在江北,天气阴冷,穿着棉衣棉裤。一过长江马上热起来,大家边跑边掏棉衣裤的棉花,扔在道边。一路星星点点净是旧棉花。

部队因登陆迅速,连原定在岸边接应的江南游击队都没接到我们,行军到半夜,游击队才找到我们,带来了水和干粮。

郎溪、广德间的山区,两座大山夹着一条国防公路,是南京地区敌军撤往杭州的必经之路。我们两个营迅速抢占制高点,死死卡住了咽喉要道。一切都在上级的计划中。第二天,长江中下游江面上,我军东西两个突击集团更大规模的渡江突击开始了。两天后,敌军长江防线崩溃。芜湖、南京、镇江方向敌军全线溃退南逃,被我军追至郎溪、广德一带的山区。开始,被我们截住的是各种满载南京党政军大员家眷和财产的车辆,还有"中央银行"运钞车;有一辆旧卡车,上面拉的甘蔗,翻开检查,发现下面全是珠宝细软。随后,国民党军兵败如山倒,被我们截住的都是满山沟溃逃的国民党兵,见跑不掉,干脆就问到哪缴枪,成建制的投降。山沟插上小红旗,几个战士把守,很快就收容成群俘虏。各种武器堆积成山。一个国民党军官用树杈挑着白衬衣,到我们阵地报告番号人数,问到哪缴枪集合,花名册交给谁。我军在这里围歼了国民党溃军六万人。我在阵地上把指战员强渡长江、围歼敌军的经过写成报道,登在部队小报上,以及时反映战果,鼓舞士气。

结束了围歼战,我们继续南下,攻占临安,后又调往南京。第一次进入刚解放的六朝古都,心情十分激动。时

图10　1949年，占领南京后，与保卫干事朱志仁合影。

值我二十岁生日，我和同为二十岁的保卫干事朱志仁，一起到雨花台旁一家小照相馆留影，同庆解放南京的胜利，同过这一难忘的生日（图10）。

不久，我们又驻防连云港。在这里我们迎来了开国大典。我们的小报套红印了国庆专刊；用缴获的扩音器连上大喇叭，组织部队指战员收听开国大典的盛况；我们还仿照开国大典，放了礼炮。不过，与天安门广场鸣放礼炮不同，天安门放的是空包弹，我们迫击炮发射的是实弹。连云港外有一个小岛，小岛的山上住着几户老乡。我们事先把老乡动员下山，以防弹片伤人。十一那天，炮兵对着小岛山上空地，接连发射了20发炮弹，以这种独特的方式，为新中国送上指战员的祝贺。

渡江作战中，军宣传部渡船触发敌人水雷，渡船被炸毁，军报编辑大部分伤亡，要从各团抽调办报骨干充实，我被调入军部政治部宣传部。宣传部有4个干事。二十四军办的报纸叫《火线报》，主编是宣传部部长路丁，我当编辑。报纸是石印，不定期，每期印千余份，下发到连和兄弟部队。部队一路势如破竹地南下，我参加编辑的小报也伴随着指战员胜利的脚步，一路走到福建。（图11）

图11　1949年，二十四军宣传部干事合影。

北上抗美援朝

1950年，接上级命令，选调干部参加抗美援朝。二十四军的机关领导和同志为我们4名首批参加抗美援朝的干部开了欢送会，摄影留念（图12）。我们乘火车北上，途经沈阳，被东北军区拦下，拿出总干部部命令，说这批干部由东北军区分配工作。我们想不通：我们是参加抗美援朝来的，怎么留在东北了？东北军区干部耐心说服我们，

图12 1950年，二十四军宣传部为欢送准备入朝的干部合影。

图13 1953年,作者与妻子罗霞臻。

抗美援朝不是一朝一夕的事,要建立后方卫生基地,能够大量收治伤病员。同时调来的还有华东部队的野战医院。抽调我们是充实新成立的军区后勤部医院管理局机关的。我们到位于吉林省长春市的华东军区后勤部前方指挥所(后改为东北军区后勤部卫生部第一医管局）报到，到政治部宣传科任干事，除了共同完成的宣传工作任务，还负责办医管局不定期刊物《医政通讯》。医管局辖12所医院，1所卫校，遍布吉林、辽宁两省，收治了大量中国人民志愿军和部分朝鲜人民军伤病员。每次志愿军伤病员回国，我们都组织欢迎仪式。在全国人民支援抗美援朝热潮中，各地派出由医学专家和医疗骨干组成的手术队、医疗队参与各医院收治，大大提高了医疗水平。我们采访收治一线的医护人员，宣传他们全心全意为伤病员服务的工作精神。1951年年底，东后卫第一医管局召开首届功臣模范代表大会。我们编印了代表大会专刊《医院的光辉》，为功臣模范撰写了事迹材料，摄影留念，特别是来自北京、上海、南京、广州的志愿医疗手术队，把合影珍藏，留作纪念。大会专刊成为各医院政治教育的资料，在开展"立功创模"活动中被广泛学习。一年后，我被调入东北军区《前进报》任记者，走上了专业新闻工作岗位。在个人生活上，也有了进展和收获（图13）。

选自《老照片》第一一四辑

当过平原游击队员的父亲

孙进军 口述　孙红山 整理

家里珍藏的这张发黄的照片（图1），让我想起父辈讲述的在战争年代历经磨难的革命生涯。往事如烟，真情难忘。

1947年6月，解放战争开始进入战略转折时期，原阳县（1950年3月，原武、阳武二县正式合并为原阳县——编者注）革命武装骨干大转战前，父亲与原阳县游击区党政人员在冀鲁豫区党委所在地平原省阳谷（今山东省聊城市阳谷县）拍摄了这张集体合影。

薪　火

我的父亲名叫孙元瑞，出生于1925年8月，系河南省阳武县官厂乡吴圪垱村人,家中兄妹四个,依次为孙元善、孙元瑞、孙元英、孙元妮,家有薄田二十多亩。参加革命后土地多被变卖,解放后所剩无几,被划分为中农成分。

由于父亲在兄妹中比较好学,1940年祖父送父亲到原武县城读书。学校最初是私塾学馆,后改名为"原陵专门学校"。

图1 1947年,父亲(二排左四)与原阳县游击区人员在阳谷县合影。前排左起依次为薛芳珍、孙永福、李功政、白光明、魏从洲,二排左起依次为银友贤、褚治国、郭超、孙元瑞、王来宾、卞诚、王耀华、王纯富、李清臣、李英,三排左起依次为赵恒、刘子芳、孟厚、任礼、娄绍青、董保衡、兰昌营,四排左起依次为杜明、李万玺、李元淼、李逢辰。

日军是1938年2月占领原武县城的。

1939年，日军修建了新乡东至开封的铁路（新开线）。铁路途经阳武县，其西北方则是太行革命根据地，所以这个地区非常重要，成为敌我双方拉锯战的主要战场。

1943年5月，国民党第二十四集团军总司令庞炳勋与新五军军长孙殿英在与日军作战失败后，相继在辉县、林县率部投降日军，并分别就任伪和平救国军二十四集团军正、副总司令，经常与日军配合"扫荡"太行革命根据地。

沦陷时期，这里被称为平原省，包含黄河以北的新乡、安阳、聊城、湖西等地，电影《平原游击队》就是反映这一地区发生的抗日斗争的故事。1952年11月，平原省被撤销。

日军为强化统治，在主要乡镇建立日伪区公所，在各村建立保甲制。1941年夏季"原陵专门学校"名称又改为"原武中学"。这所学校是日伪县政府主办的，学生名额分配采取强制措施向全县各保长摊派，主要是为加强对当地青年的奴化教育。然而，恰恰是这所日伪学校，却成为共产党领导原阳县人民开展抗敌斗争的秘密基地，培养和发展了许多共产党员和革命进步分子。

1941年11月，原武中学招收教员，学校来了一位教文史的老师，叫卞明安。后来父亲知道这位老师是共产党员，曾在开封、北平上过学,在北平参加过宣传抗日救国的学生运动。在一次组织学生的活动中与校方发生冲突,因打残了校事务主任的眼睛而被除名,后与同学一起准备经山西投奔延安。最后,返回原武县开展地下工作。他是父亲参加革命的启蒙者。

卞明安,是原武县祝楼乡姚村人,他利用其父亲人脉广,在地方保安部队当便衣队长的社会关系,经党组织批准,应聘到原武中学以教书的名义,发展党组织并建立党领导的抗日武装。他也是共产党在原阳县发展敌后党组织的第一人。卞明安在教学和任教导主任期间,根据上级指示秘密成立党小组,积极向进步学生宣传抗日革命真理。

父亲回忆讲:在学校期间,他与一同来自官厂乡的学生赵国祯、王道一关系不错,经常在学校或家里聚会学习、讨论问题,马列主义和毛泽东的《论持久战》是共同提高思想觉悟的话题。当时发展进步学生的要求是关系可靠,思想进步,有革命倾向,严守秘密。赵国祯就是在学校时加入共产党的。在一起议论的话题和一些行动都是秘密进行的,包括对家里人也要回避和保密。甚至,在以后的敌后游击武装斗争中,战友彼此都不清楚谁是党员。

为了有利于在日本人控制的原武中学积极开展活动,便于学校以管理学生为名,征得有抗日倾向的校长李兆普同意，党组织在原武中学建立了公开的学生自治会组织，正、副会长等都由共产党员和进步学生担任。党组织利用学生自治会，通过办墙报、辩论会、演讲会、编演剧目、组织比赛等活动，加强对学生的爱国主义和前途理想教育。耳濡目染，父亲和二十多名同学积极投入抗日对敌斗争中。

父亲从学校毕业后，依照党组织的潜伏要求，被学校分配到日伪合作社开展贸易工作，每月发放一定的伪币（日伪政府制造的"中国联合"票）和粮食。虽然在敌伪部门工作，衣食无忧，但是组织上交代的任务时刻牢记在心。父亲以此为掩护，在卞明安的领导下，认真收集日伪机构情报，积极掌握敌人内部动向，秘密从事地下情报工作，提供铁路运输、粮食调运等方面的可靠消息。根据这些情况，游击队在一次行动中俘获了日本翻译和辎重。1944年9月，由于在日伪合作社工作的地下党员杨俊厚被日本人欺压毒打，以致出现精神失常，经常胡言乱语。大家非常担心党组织和人员被暴露，决定把和他有较多接触的郭允升、赵国祯、蒙延平、王道一以及在阳武县工作的冯靖等，向太行山八地委根据地转移。北行途中，夜里住在辉县庙湾村老乡家。晚上大家反复商议，为迷惑敌人，便于开展革命秘密工作，需要每个人都更改自己的原用名字。为此，大家七嘴八舌说出一个方法，每人在一个小纸条上写一个字，揉成一团,然后采用抓阄的方式,每人各取一个纸团,展开后里面写的字就是自己的"名"。结果,卞明安改为卞诚,郭允升改为郭超,蒙延平改为孟厚,赵国祯改为赵恒,王道一改为王智。这些改后的名字一直沿用至新中国成立。

革 命

尊师如父,父亲深受老师的影响。一天老师对父亲讲:原武县日伪与匪患横行,世道太乱,为安全起见,也便于对敌行动,需要革命者自己搞枪。于是父亲就将家里近十担粮食卖掉,购得一支"撅把子"。这种"撅把子"也叫"独一撅""震天雷",是一次只能打一发子弹,打完后将握把向下撅开,退出弹壳,再填装子弹击发的简陋手枪。

1945年3月,八路军太行第七军分区老一团准备攻打原武县城,父亲孙元瑞和同学积极配合大部队,做好战前准备,收集敌伪目标情报。战斗前夕,为了不惊扰家人和便于行动,父亲就以与家人吵架生气为由,夜间就睡在别人家喂牲口的马棚里。3月28日夜里战斗打响后,父亲迅速与其他同学联络,并引导大部队攻占伪警察局、造枪所、维持会、合作所,抓获日伪汉奸,从此旗帜鲜明地走上了革命道路。

父亲记得：当他腰里别着手榴弹、插着手枪回家告辞时，把爷爷吓了一大跳，以为他干上土匪了，还被训斥一顿。此后，许多暴露身份的革命学生家属都受到牵连和遭受报复，暴露的学生杜明的家被毁坏、父亲被抓入大牢，孙永福的父亲被敌人用马匹从村子一路拖入县城，奄奄一息。为了防范日伪顽匪的侵扰加害，爷爷带着家属们逃到中牟县避难。

大约在1945年春天，共产党在原武县东南部临近黄河的官厂村李家祠堂，正式成立了以卞诚为县长的原阳县抗日民主政府，并成立了县抗日武装游击大队，父亲担任文员。那时候，沦陷区打着各种旗号的保安团和土匪团伙众多，少则十几人多则上千人，自立山头，司令、队长多如牛毛，他们既不受敌伪县长的管制，也不归国民党调遣，经常独自或结伙牵牛绑票，征粮派款，强取豪夺，横行无忌，百姓深受其害。当时抗日武装县大队两百余人，人多枪少，人员成分复杂（其中一部分是争取来的敌伪人员，时有反复）。但是，在对敌斗争中尚能团结抗日，相互支持。

1945年4月，从第七军分区武工队调来十多名共产党员，充实县抗日游击大队，又正式改番号为太行七分区原阳支队，还在全屋村设立了枪械修理所。卞诚领导抗日队伍在平汉铁路以东，新开铁路附近，黄河两岸的原武、阳武和中牟开展对日伪顽匪游击斗争，割电线、拔据点、截抢粮、破铁路、反"围剿"。

平原地区还是延安、太行山至鲁西南革命根据地的通道，对敌斗争十分复杂。有一次，为了侦察敌情，刘子芳、李英和王来宾等人扮成学生模样，沿一条老路夜间穿过封锁线，到西孟庄附近，刘子芳的亲戚家就住在这里，因此，刘子芳首先进村，不料被日伪巡防的暗哨抓住，紧随其后

图2　新开线开通仪式上的日伪人员

的李英也被麦秸垛后的敌人抓住,他大声呼喊:"我是学生,我是学生,你们抓我干啥嘞?"此时的王来宾因为内急正在庄稼地里出恭,听到喊声提起裤子掉头就跑,仅仅差几分钟时间,逃过一劫,回队报信。好在他们以学生身份伪装,没有暴露身份,后来被释放。

父亲回忆讲:说到游击革命队伍的坚定信念,不能不提一下交换人质的事件。国民党河北挺进军第二纵队第六支队是由乡绅豪强岳华亭纠结的杂牌武装组织,拥有上千条枪,人多势大,1945年被日军收编,委任为原(武)、阳(武)、延(津)、封(丘)县"剿共"自卫总团。为了筹集枪支扩大抗日武装,1945年5月县大队派王耀华带二十多人夜袭赵厂村,抓捕了副司令岳华亭的父亲岳振魁,立即将他押上了马车,连夜拉走,扣押起来作为人质,用于交换武器弹药。但多次交涉,敌人只给部分短枪敷衍了事,当时主要是想要机关枪,双方陷入僵局。岳华亭依仗日寇和人多势众,开始疯狂反扑,先后抓走了抗日县长卞诚的母亲和刘子芳、李英(卞诚的学生),他们受尽敌人的毒打和折磨,并留下了终生残疾。后来,岳华亭多次委托县乡知名士绅王建芳、牛占魁到抗日政府,商谈交换双方被扣人员。鉴于岳华亭的狡诈,卞诚制定的应对策略是,首先释放刘子芳、李英,再释放岳振魁,最后释放自己的母亲。

后来，协议达成，在游击区获嘉县完成了人员交换。

由于平原地区介于太行山和黄河之间，沿黄河北岸一线是小麦经济主产区，且为交通要道，在南北一百平方公里的平原上双方拉锯斗争很激烈，斗争环境异常恶劣。

父亲回忆道："1945年夏天，一次游击队伍从太行山下来，去中牟县北部作战阻止敌人抢粮，打了一晚上，日伪增援部队迅速赶到，火力也较强，游击队被撵了回来，人都被打散了。我和一个姓刘的区队战友越过干涸的黄河，回撤到原武县黄河北大堤边，急行中我们两人又走散了。我独自一人走到天亮时分，在距离官厂十几里地的地方停下，当时群众正趁着清早天气凉快在割麦子，一问到了刘窑村附近。这时南边的小新庄的柳树林里走出一队人马，一看都穿着灰色的服装，就知道是敌人。我就赶快往群众中去，想蹲到地里，这时敌兵远远地就看到我，喊我过去。我想肯定不能过去，今天看来是凶多吉少，就掏出了手枪，准备战斗，拼死也不能落在敌人手里。我拔腿就往小庄的东头跑，知道再往前跑就是个大村子刘窑村。这时敌人派出三匹马，在后面追赶，一边开枪，一边叫喊让我投降。我想只要我跑到村里，就不怕你们了，我的短枪十分便利。惊悸的奔跑中，我跳过了日寇的交通壕，而敌人的马匹不是战马，在交通壕边一直打转儿，当敌人绕过交通壕以后，我已跑进了刘窑村。跑到刘窑村头后,在一户人家大门西边的胡同里躲了起来,当敌人的马队过来的时候,我就连开了三枪,敌人害怕有埋伏不敢下马,立即掉头逃窜。我又往北跑到一个贫户家里,有位六十多岁的老大爷在家,他叫贾希志。我就说,我是干八路的,后面有敌人在追赶。我一天一夜没有吃喝,能给点儿水喝吗?老人给我端出一个盛满水的瓦罐,我一饮而尽,就问他家有躲藏的地方吗?老大爷就指着两间破土房,我一看,确实无法躲藏,就问大爷,这附近柳树多不多,大爷说村北边就有柳树林。说罢就带着我向北奔跑。送到树林边后,我就让大爷赶快回去以防暴露。后来,他回村子时周围已有许多群众看见,老大爷镇定地对群众说,我去送八路了,你们不要乱说闲话,如果我出事了,八路回来也不会饶了你们的。老大爷当时真是拼着命救人啊!进入柳树林后,我就向第四游击区的方向跑,后来遇到了一区武工队长蔡文秀的队伍。他说,看你今天怎么这样狼狈啊?我就说明了掉队遇险的情形。他说,你真是命大呀!几天以后,部队到达离刘窑村较近的地方,我又特意去看望了那位老大爷,感谢他的救命之恩。原阳解放以后,县委书记卞诚知道此事后,对贾希志老人这种舍命救八路的行为给予了高度赞扬和嘉奖。"每每提及此事,父亲对贾希志老人充满感激,至今,已历经四代人了，两家来往不断，亲如一家。

留 影

1947年5月，全国解放战争形势发生了重大变化。为适应形势发展的需要，晋冀鲁豫区党委决定对行政区划做出相应调整。平汉铁路以东各县归冀鲁豫区领导，平汉铁路以西各县归太行区领导；原阳县地处平汉路以东，由太行区划归冀鲁豫区领导。

原在太行区辉县工作战斗，和在豫北联中学习的原阳党政干部奉命到冀鲁豫区报到，我父亲和卞诚、褚治国、郭超、赵恒、孟厚、杜明、王来宾、兰昌营、银友贤、李英、刘子芳、王耀华、孙永福、娄绍青等二十余人，过汤阴城，跨平汉铁路，经内黄、南乐，行走十多天，到达冀鲁豫区党委所在地阳谷县，在县中学拍摄了这张珍贵的原阳县游击武装的大合影（图1）。

随后，冀鲁豫军区的部队收复了封丘、延津等，原阳县党政人员和武装人员也随同到达封丘县，在阳武与封丘地区开展武装游击活动，并成立封阳支队。

1947年6月底，冀鲁豫四地委召开土改会议，要求在开辟的新区开展"一手拿枪，一手分田"的群众运动，积极宣传党的政策，发动群众分地主浮财。当时原阳地区在敌我力量对比上，仍然是敌匪势力较强，土地改革工作是在游击环境中进行的。没有充足的时间去深入发动群众，开展土地革命运动，而且敌人时常前来窜扰破坏，所以有时只能白天隐蔽，晚上发动群众。

父亲回忆讲："1947年夏的一天，在封丘和阳武一带打游击发动群众分浮财，我们一个组四个人，一把短枪、三支长枪。中午时分，我们到了赵前庄，通知保长给我们做顿饭，饭后，天太热，在树下休息一会儿。当时往哪儿去，还没有制定好详细计划，我就让一个战士爬到树上，观察一下周围的情况。他爬上去一看说，大事不好，周围有一百多号敌人，已经到了村东头。我沉着地说，你们不要慌张，听我指挥，咱们向村南面撤退。刚一出村就与敌人交上了火，敌人较多，枪声密集，喊叫声不断。我们就继续向南撤退，跑到了一处盐陵岗较多的地方。因为原阳地区的许多土地是盐碱地，出产小盐（当地人把海盐称大盐），所以把许多晒制的粗盐堆成小山包。我们转到几处盐陵岗后，我指挥三位战士停下，就躲在盐陵岗后，支起步枪。我说，瞄准敌人打，先打最前面的一股，哪股靠前就瞄准打哪一股，打死他几个，敌人就不敢再往前冲了。我们打打撤撤，一口气打了八里地。敌人因有伤亡，也没有敢再继续追赶,如果那一天没有盐陵岗的好地势,那我们就生死难卜了。"

1947年秋季,父亲在赵恒的带领下,与王来宾、李英、万纯富等人,到阳武与封丘交界的齐街乡楚寨村发动群众分浮财时,遭到了国民党阳武县保安团的突袭,赵恒与大家冲出包围,虽然人员未受损伤,但是一位武工队员在仓促中丢失了行军挎包,那里有大家在阳谷县拍的合影。敌人捡到挎包,发现照片后,就大肆宣传,作为战绩到处吹嘘,说什么已将共产党的游击武装一网打尽,彻底清除。原阳县解放后,我们在缴获的敌伪档案中发现了这张合影,失而复得,大家喜不自禁,于是给每人洗印了一份,供珍藏留念。

1947年,敌六支队在延津牛屯镇被我冀鲁豫部队消灭,匪首岳华亭脱逃。1948年10月,从刚刚解放的开封得到情报,发现了岳华亭等人,县武装立即派刘子芳带几名战士前往抓捕,经过两天的侦察追踪,将岳华亭等人在一家客栈抓获,带回原阳关押待审,可由于革命队伍里混有敌特分子,放跑了岳华亭。

选自《老照片》第一三五辑,图文有删减。

从战火中走来

李绪志

1947年，国民党重点进攻山东时，我正怀着女儿马东。我所在的华东野战军特纵炮三团奉命北撤。我们每天夜晚行军，早上宿营。我记得一连走了二十个夜晚，且正遇上连阴天，路上全是泥浆，一不小心就陷到泥坑里。我一天只能吃上一个窝窝头，连咸菜也没有，饮水也十分困难。

一天，我们到了潍县（今潍坊）的一个村庄。这个村的老百姓，喝的水来自牛在里面洗澡、拉屎的水塘。水烧开后，锅底一层死了的红虫子。实在渴极了，才不得不喝一口。

一天晚上，我们要通过黄河北的封锁线。敌人在黄河对面，能用机枪打到我们要过的公路。这天晚上，我陷进了公路上的泥坑，我不敢喊叫，心想这可完了。拔左腿，

图1 1948年初冬摄于兖州附近。左起依次为作者、马东、马达卫（时任华野特纵炮一团副团长）。

右腿往下陷，拔右腿，左腿往下陷。正在这时，后面上来几个人，小声问："谁？"我说："是我，掉在泥坑里出不来了。"两个战士一人架一只胳膊，把我从没膝的泥坑里拔出来，还告诉我："别掉队，后面没有人了，我们是收容队。"我拼命跟他们走，才赶上了部队。

我快临产了，达卫（马达卫，作者的丈夫，时任华东野战军特纵炮三团副政委）把我送到了医疗队。临走前，达卫给我留下一条旧军毯，还留下了给他挑文件箱的运输员老严。老严是个很好的同志,在我要生马东的前几天,他向老百姓要了一个人家劈不动的大树根,借了个镐头,费了很大劲,把树根劈成小块,准备取暖。1947年腊月十七,大雪纷飞,屋外冰天雪地。我住在老百姓家的一个小南屋里,土炕头上铺了一张旧席子,人冻得坐不住,只好不停地来回走动。老严找来一个破盆,点燃了他劈好的柴,屋里顿时有了暖意。夜里,我躺在凉炕上,马东降生了。孩子哇哇地哭着,很瘦小,估计也就是四斤左右。孩子满脸皱纹,大眼睛,活像个小老头儿。我想:孩子能活吗?

图2 1949年5月,华野特纵炮六团团长马达卫(右)与该团副政委白彦在进军上海途中(嘉定罗店)路标下留影。

月子里,别说鸡蛋,粮食也很少,头一周,我天天吃地瓜干。不过,为了孩子能吃上奶,不管什么饭我都尽量吃饱。还好,虽然我自己很瘦,奶水还是充足的。马东脸上的皱纹很快消失了,小脸越来越好看了。

生下马东第七天时,医疗队要移防,路上要走七个夜晚。我和马东躺在用粗草绳编成的担架上,草绳间的窟窿有拳头大,我把军毯叠成双层铺在上面。我侧躺在担架上,孩子放在我的右侧,这样,即使不动,我也可以给孩子喂奶。

图3 1949年末,马达卫(左二,时任炮三师参谋长)与炮三师李鲁明政委(左一)等战友在上海。

图4 1950年夏,摄于赴福建途中。左二起依次为李绪志、马东、马达卫(时任炮三师参谋长)、警卫员。

待七天后到达目的地,我右侧身子受凉过重,疼得翻不过身来,只能改成左侧卧了。幸亏那时年轻,过了一个夏天,自然痊愈了。

马东两个月大时,达卫参加了潍县战役,被敌人的飞机炸成重伤。组织上怕我着急,对我隐瞒了真情。敖德胜政委说:"达卫负轻伤,你不要去看他。"其实,没有交通工具,马东又小,我想去也去不了。直到达卫回来,我才知道他身负重伤,左臂已经残废了。他情绪不好,对我很不满意。我尽一切力量照顾他,始终没告诉他组织上对我隐瞒了他的伤势。

渡江战役前,我想参战。自己是个军人,却还没有参加过战斗,马东已经十四个月,可以断奶了。我与达卫商量,把马东送回莱芜老家待半年,等战役结束后马上接回来。达卫同意我的意见。老家人听说此事,全家都很高兴。马东的奶奶及全家都做了承诺,说一定把孩子带好。我带上半年的保育费和孩子的衣物,亲自把马东送回莱芜老家。从老家返回泰安的路上,我哭了一路。一个母亲离开自己正在吃奶的孩子,这种痛苦实在难以承受。回到部队,我的奶水胀了三天三夜。想到老家的孩子吃不上奶,我后悔了,直到部队往前线进发,工作紧张起来,心情才好些。六十多年(2012年)过去了,写到这里我还是泪流满面。但我从来没在达卫面前掉过一滴泪。我的这种心情,他是一无所知的。

渡江战役前,达卫任新组建的炮六团团长,我在该团卫生队工作,团卫生队只有我一个司药。部队到达长江北岸驻地,开始战前医疗急救物品及器械检查,我用三天时间跑遍全团各个连队(部队驻地分散),把每个连队现有

图5 1949年12月,作者和女儿马东在南京汤山。

急救药品及材料状况、需要补给的数量造表上报。去卫生处领回补给后,再向连队发放,又忙碌了三天。

我们团从江阴顺利过江,团卫生队乘一辆美国十轮大卡车,到达上海外围。部队已经进入阵地,我负责转运伤员和补给前线包扎所的敷料、药品。夜间向前线阵地送药材时,我乘坐的是一辆美国吉普车,司机关闭了车灯,利用敌人照明弹的光亮,尽量将车开得快点,一路上全是河沟。总算顺利完成了任务。

上海解放不久,接到莱芜老家来信,信是马东爷爷写的,说马东生病,叫我接她到上海治病。那时团党委有决定,不准任何人探亲,达卫坚决不让我走,我理解他的难

图6 1950年10月14日,炮三师师长王正国(中排右五)和瑞意(中排右六)在泉州举行婚礼。作者(前排右三)夫妇偕女儿马东,与战友们前往祝贺。

图7　1954年，作者（二排左二）在昆明西南军区第四速成中学毕业。

处。紧接着，老家来了第二封信，催我快回去接孩子。我想孩子一定病得不轻，赶紧写了报告，还附上了家中来信。上级很快批准了。当我回到莱芜老家，禁不住掉下眼泪。马东已经不会站了，全身皮包骨头，两只漂亮的大眼睛只有高高的眼眶子，眼球都深深地凹下去了，鼻梁像刀刃一样。孩子不认识我了，也不要我抱。我想，孩子能活着带回上海吗？死在火车上怎么办？第二天早上我即动身返回，还算顺利，终于把孩子带回上海。

图8 1957年春节,作者夫妇和女儿马东、长子马宁、次子马潍摄于山东潍坊。马达卫时任炮十二师师长。

下午到了部队,晚上开饭时,我从伙房打来黑面馒头,马东拿起一个,大口大口地啃着,不一会儿就吃掉半个,好像几天没吃东西似的,真使我心酸。第二天早饭后,我送马东到上海人民医院小儿科就诊。二十个月的马东,体重只有十五磅。马东住院期间，除了每天六顿半流质，医生叫我每天再给她加三个鸡蛋、三两猪肝，孩子都吃了。二十天后马东就会走路了，一个多月后，马东就出院了。

病后的马东，身体抵抗力很弱，非常容易感冒，一感冒就并发肺炎，开始吃药有效，后来只能打青霉素才见效。

此时，我和马东没与达卫住在一起，达卫住在他的团长宿舍里。我没有做饭的条件，只能从伙房打饭吃。后来搬到上海装甲兵营房，我和马东住在一间小屋里，可用一个小锅在电炉上炖点猪肉，吃饭时给马东在打来的米饭上舀一小勺，算是改善生活了。看到有肉，孩子便高兴极了，每次能吃一小碗。

1950年夏，舟山战役结束，达卫任炮三师参谋长，随部队去福建执行任务。一天要过筹岭。筹岭是座大山，都是盘山路，上山下山需要一夜，土匪很多。卫生队的大车没带我和马东，叫我们坐达卫的车走。那天达卫因开会回来晚了，大部队已经出发，我们乘一辆美国中吉普车单独走。车上有达卫、两个警卫员（那时师的干部配两个警卫员）、司机、我和马东。天快黑了我们才上路，车到半山腰时，又是雷又是雨，越下越大成了大暴雨。车在盘山路上艰难地行进，直到天亮才下到山下一个小村子里。我们在路边一个小店里休息，老百姓惊奇地问："你们就一个

图9 1959年初,马东、马宁、马潍、马兴姐弟四人摄于兖州炮十二师营房。

车?怎么下来的?山里土匪很多,前几天进去一个排都不见了……"看来是这场暴雨掩护了我们。

1950年底,达卫由炮三师调沈阳炮校学习,我们又回到了南京。他去沈阳前把我安排在南京汤山炮兵后勤药材科。马宁就是1951年4月在炮兵医院生的。

1952年,达卫在沈阳炮校毕业,调往昆明特科学校工作。我去昆明西南军区第四速成中学学习。两个孩子由保姆带着跟达卫去了特科学校。大约半年后,达卫被派往

图10 1961年春,作者夫妇和次子马潍、三子马兴在兖州炮十二师营房。

"华南工作团"当顾问,去越南"抗法援越",两个孩子送到学校由我照顾。学校给保姆和孩子安排了两间房子,我住在同一院的女生宿舍,下课可以照看一下孩子。在这期间,马东又得了肺门结核,在医院住了一个多月,结核

峥嵘岁月　155

图11 1961年秋,马达卫在解放军政治学院结业前夕,晋升大校军衔,后升任济南军区内长山要塞区副司令员。

钙化后出院。我每天学习十个小时,十分紧张。毕业考试,全班六十多人,我考了第一名。当时规定,成绩优秀的学生可以直接上大学,根本不用考。我们班有个叫樊昌礼的男同学,成绩中上游,被送去重庆医科大学学习。不巧的是达卫在越南负伤正在北京协和医院住院(当时301医院还没成立),两个孩子没人管。我思想斗争十分激烈,不上大学影响前途,去上学孩子没人照顾,马东小时候的状况可能会重演。最后,我下决心牺牲前途带好孩子。毕业的第二天,我办理了调离手续,由昆明乘民航飞机抵达南宁,再从南宁乘火车到北京。达卫见到我非常高兴。

1954年冬,我被分配到总后五一小学卫生科任司药,马东也在五一小学上一年级。有一次她放学回家,我问她:"有人欺负你没有?有人打你吗?"她回答:"有啊!"马宁在旁边说:"姐姐,他打你,你不会打他吗?"马东说:"我打他,他不疼吗?"在五一小学,老师都说马东是好学生。

我调离北京时，老师再三挽留马东，加上马东的姑姑马玉华在五一小学当保育员，我就把马东留在了五一小学。

1955年，达卫任炮十二师师长。后来率领部队去朝鲜驻防，我留在安东（今丹东）。达卫去北京开会看望马东时，发现马东生病了，是感冒并发心肌炎。他当即把马东带回安东，休学一年进行治疗。

1958年8月，达卫所在部队撤离朝鲜，回到滕县后又到兖州，我们把马东和马宁送到济南无影山子弟小学就读。两个孩子在子弟学校期间，每年我都来济南看望他们两次。有一次，马宁告诉我："姐姐给我过生日啦！"我问："怎么过的？"马宁说："姐姐给我买了一个苹果罐头。"每次我到学校，老师都夸马东是好学生。她的班主任刘老师对我说："你有这样一个女儿，太幸福了。"考中学时，马东考上济南一中，马宁考上实验中学。

达卫于1962年1月任内长山要塞区副司令员，我和孩子们随部队住在长山岛。"文化大革命"开始了，我没让马东外出串联，在家继续治疗心肌炎直到痊愈。1968年，马东到蓬莱海洋化工厂工作，后来当兵上大学，当了一名军医，转业后随丈夫到常州定居，任医院耳鼻喉科副主任直至退休。

选自《老照片》第八十四辑

辗转白山黑水间

郑广江 口述　孙瑞安 整理

一、军校毕业

1929年2月，我出生于辽宁省辽中县长滩村。1943年底，我在伪满办的六年制小学"辽中县长滩村国民优级学校"毕业，当时我父亲已去世，母亲在家务农，哥哥在距家六十多公里的沈阳铁路工厂做工。我刚毕业就到沈阳投奔哥哥，先后在铁路工厂制材车间、机修车间做装卸工和学徒工，每天挣五角钱，顿顿吃玉米面窝头和咸菜。苦熬了一年，我无奈返回了老家，受雇于本村一户富农家，除了能挣一份口粮，还可就近照顾年迈的母亲和读书的弟弟。1945年8月15日东北光复，听说曾克林带领的八路军部队已从延安来到东北活动，但受国民政府与苏联所签协议的限制，不能整建制开进沈阳，住在市郊苏家屯。8月下旬的一天，哥哥从沈阳骑自行车匆匆赶回村里，对我说："沈阳街头张贴着八路军冀热辽军政学校的招生布告，你快去考一考，将来毕业了或许能谋个一官半职的。不然，你念的六年书就白费了。"

1945年8月26日，我来到冀热辽军政学校参加考试，校址在沈阳大西门天主教堂旁的原伪满警察学校。沈阳及鞍山、铁岭、辽阳的许多中学毕业生都来应试。考试内容

图1　庆祝十月革命节合影。

是写篇作文，题目是：如何建设新民主主义中国？三天后，学校张榜公布录取名单，我被录取了。该校校长由冀热辽军区司令员李运昌兼任，但他平时不在学校，由政委李涛主持日常教学工作。学校设三个团，团下辖学员队，教员都是军人。我们主要学习政治理论，如毛泽东的著作，也学一些军事常识。穿的是从日军仓库拿来的关东军黄色军服，带的是八路军帽子，缀国民党帽徽，每人佩发一支步枪。9月份，学校奉命徒步转移到新民县继续办学。图1为学习期间，为庆祝苏联十月革命节，我所在一团五队在新民县校院内的合影。11月20日，本期学习毕业，学员们作为中共在东北培养的第一批本地军政干部，被陆续分配到部队和地方政府机关。11月下旬，我与二十多名学员被分配到驻新民县的"东北银行直属印钞厂"。该厂属保密单位，对外称"东北民主联军后勤部直属供给处"。

二、抢占先机

1945年8月抗战胜利，中共中央决定迅速向东北进军。10月31日，八路军、新四军和原东北抗联部队，在沈阳组建了东北民主联军。当时的东北，金融市场混乱，"伪满币""苏联红军票"和银圆混杂通用，各种币值变化急

图 2 东北币

剧，通货膨胀严重。为此，东北局决定成立东北银行，印制发行钞票，旨在迅速占领金融市场，支援战争和政权建设。该银行归东北民主联军后勤部管辖，后勤部部长叶季壮兼任银行总经理，王企之任副总经理。此前的9月中旬，后勤部在沈阳接收了兴亚、协和、华旗等七家印刷厂，从中挑选了适合印钞票的设备和材料集中到兴亚印刷厂。东北银行成立后，又组织接收了伪满中央银行奉天造币厂（现沈阳造币厂）。但据苏联和国民政府签订的《中苏友好同盟条约》，当时在沈阳还不能建印钞厂。根据东北局的指

图 3 分配到东北银行直属印钞厂的同学合影。

示,10月初,后勤部将接收的印刷厂向新民县迁移,建立了东北银行直属印钞厂,中共新民县县长谢庸夫兼任厂长、佟友才任副厂长,干部职工昼夜奋战,迅速印制东北币(图2)。11月12日,开始在沈阳马路湾营业部发行。

11月下旬,我与李巨叶(后任外交部财务司司长)、关文魁、刘佳庆、金志惠、宋之祥、晋景魁等二十四名同学,毕业来到了东北银行直属印钞厂。我在检查科负责成品钞票的质量监督和封装工作。图3是分配到印钞厂的同学关文魁、刘佳庆、金志惠的合影。

三、风雪兼程

1945年12月初,国民党军队从锦州向沈阳方向逼近,印钞厂奉命向长白山区转移。转移行动由警卫连保卫,雇了二百多辆马车装载设备和材料。我们从新民出发,经辽中、辽阳、本溪、抚顺、营盘到达通化。途经辽中时曾遇土匪阻截,警卫连将其击溃。时值严冬,马车顶风冒雪行进在崎岖的山路上,晚上宿营在老百姓家里,并支付粮草

图4 1946年初,通化印钞厂质量检查员在厂部楼前合影。右一是我。

图5 两位战友运钞后合影。

钱。到达通化前,叶季壮已事先选定了厂址——通化原伪满师道学校。这里位于山坡上,只有一条弯曲的小路,设备上山全靠人拉杠滚。山上没有水源,用水靠马车到山下运,周围架设了电网,配备了一个警卫连。这时,后勤部政治部干部科长王纪元调来任印钞厂政委。王是从延安来的老八路,厂长仍是谢庸夫。下设工务科和检查科。工务科管辖印制股、活版股和断裁股;检查科负责质量监督,我仍在检查科工作。股长以上干部配手枪。待遇分为两类,雇佣的技术工人按月发给工资,厂领导和军校分配来的干部按部队标准实行供给制,每月发少量的津贴费。全厂有胶印机和铅印机等十台大型设备,因教室改的车间没有取暖设备,寒冬季节油墨凝固,只好生火炉子,既不安全也不卫生。国民党军的飞机经常来侦察或扫射，遇有空袭警报，我们都要立即放下工作跑到山上树林中躲藏。由于通化缺少纸张、油墨等原材料，厂领导派人化装，穿过敌人封锁线到安东（今丹东）、营口等地购买。有一次，采购人员途经宽甸县遭遇国民党部队，化装随行的警卫连战士与敌人交火，最终把物资顺利运回。印钞厂每周派干部乘卡车往通化火车站运送成品钞票，东北银行发行处在车站清点接收装入闷罐车厢，武装押运发往东北解放区。图4是1946年初，通化印钞厂质量检查员郑广江（右一）、会计李巨叶（中）等人在厂部楼前合影。图5是关文奎、宋之祥往火车站运送钞票后，在站前广场的合影。

四、有惊无险

1946年2月3日，潜伏在通化的国民党特务勾结日军残余分子趁除夕之夜，发动了"二三"暴乱，发电厂、印钞厂等被纳入主要攻击目标。印钞厂在前一天即接到联军后勤部的预警，厂领导随即紧急动员，给我们和工人骨干发了枪支弹药，构筑了临时工事。凌晨4时，通化城内枪声大作，民主联军与敌人展开激烈战斗，拂晓时分平息了暴乱。印钞厂组织纠察队到附近搜索残敌，寻获了一批武器。

中间出现了一个插曲：当时的印钞厂有田中、福田等八名日本技工，他们虽没有参与暴乱，也被公安人员带走审查。王纪元政委为此专门派两名干部持民主联军后勤部的介绍信，到通化公安局把人领了回来，日本技工很受感动。考虑到技术工人家属多数居住沈阳，厂领导派干部到沈阳逐户送生活费。当时沈阳属敌占区，派去的人只能在夜间登门联系，尽管每天变换住宿地点，有一次还是险些被逮捕。1946年5月，国民党军队开始向通化进攻，印钞厂又转移到与朝鲜隔江相望的辑安（今集安）市原伪满国立高等农业学校。这期间，军政学校毕业的两名同学因承受不了恶劣环境的考验，借请假回沈阳探望妻子之机，脱离组织。沈阳解放后，他俩追悔莫及，要求印钞厂开具革命经历证明，未能如愿。

五、绕道朝鲜

1946年4月第一次解放长春，还相继解放了哈尔滨、齐齐哈尔等城市。王纪元带领谷木铎、李巨叶、何贵一、寇铁民和贺富海等人到长春，接收了伪满帝国印刷厂、伪满国务院印刷厂的设备及物资。图6是1946年5月，贺富海等人在长春期间的合影。由于国民党军队持续向北进攻,接收的印刷设备随民主联军机关撤出长春,于5月底转移到佳木斯。王纪元负责筹建东北银行佳木斯印钞厂。佳木斯距苏联相对较近,被人们称为东北的"小延安"。1946年8月初,国民党军队逼近辑安,印钞厂只好向佳木斯转移。形势所迫,不能直接向佳木斯开进,必须先搭乘火车专列过鸭绿江进入朝鲜境内。在此之前,印钞厂曾几次去朝鲜买材料,朝鲜有关方面均给予了帮助。特别是4月间,采购员随后勤部贸易公司经理到朝鲜时,还曾受到了金日成的接见。这次集体进入朝鲜境内,火车的开行由苏联红军调度,民主联军后勤部派专人负责与苏军协调,一路走走停停没有准点。在朝期间,大家身穿便装,吃饭睡觉都在火车上,尽管一路辛苦,大家情绪仍很乐观。质量检查员宋之祥爱好摄影,带了一个日本产照相机,沿途为大家拍了不少照

图6　三位战友在长春合影。

图 7　我和战友在站台休息。

片。图 7 是 1946 年 8 月，印钞厂专列途经朝鲜咸兴车站，郑广江与陈国栋在站台休息。图 8 是宋之祥拍摄的朝鲜某火车站外景。这次行动辗转二十多天，最后由图们口岸返回国内，又经哈尔滨到达佳木斯，与东北银行佳木斯印钞厂合并。佳木斯印钞厂对外称"东北军区后勤部工业处"，王纪元任政委、厂长陈子良、副厂长任子敏、副政委吴锡臣。这时期，我任工务科断裁股监督。图 9 是 1947 年春，部分军校同学在佳木斯兆麟公园的合影。图 10 是郑广江与总务科科长老红军黎启先在亚细亚写真馆的合影。当时,印钞厂根据上级指示,开展了生产竞赛活动,激励干部职工为战争做贡献。当时提出了一个口号:"军队打到哪里,票子就送到哪里!"图11是1947年3月,工业处即印钞厂劳动模范的合影。1947年5月,通过忆苦教育和思想动员,有三十名工人报名参军,印钞厂给他们戴上大红花,分乘三辆卡车到佳木斯市区参加联合大游行。卡车上悬挂着毛泽东、朱德、林彪的画像和标语(图12)。

1947年9月,东北银行及所属印钞厂由军队转隶东北局财经委员会管理,机构和人员基本没有发生变化。

图8 朝鲜某火车站外景。

图9 部分军校同学在佳木斯北麟公园合影。

六、重返沈阳

1948年11月2日,沈阳宣告解放。我随东北银行王企之总经理乘火车由佳木斯出发,经哈尔滨换乘汽车,于11月3日进入沈阳,以军代表身份接收银行及相关机构。大家集中在沈阳造币厂接受任务,我负责接收火车站附近的一家银行及和平大街的一个印刷油墨厂。当时硝烟还未

图10 我和老红军黎启合影。

散尽,街面上一片狼藉。中山广场上散落着被炸毁的汽车、火炮,弹药弹壳遍地。

接收任务繁重,两个月后才基本就绪。精神刚一松弛,一股强烈的思乡之情油然而生。自从三年前离家报考军政学校,一次也没回过家乡,甚至没捎过一次口信。1949年1月中旬,我终于回到了家中。亲人们惊呆了,母亲与我抱头痛哭。原来,家中没获得我的任何音讯,以为我在战

图 11　印钞厂劳动模范的合影。

图 12　印钞厂参军的工人参加联合大游行。

图13 1970年冬，我和家人合影。

争中牺牲了。

  1949年初，我担任了沈阳造币厂团委书记。1950年7月进入中国人民大学财政与银行专业学习；1952年调入北京，任中国人民银行总行人事司工资福利科科长；1955年调任辽宁省分行人事处处长；1969年举家到昭乌达盟喀喇沁旗落户（图13是1970年冬，我和岳母、妻子、子女的合影），一年后任旗银行行长；1977年重返沈阳，仍在省银行工作；1990年，从中国银行辽宁省分行副行长岗位上离休。

选自《老照片》第五十九辑

保卫延安的前前后后

姚德怀

这组摄于 1947 年前后的照片,是我自战争年代保存下来的,至今(2009 年)已经六十余年。

1947 年 3 月,国民党军队重点进攻山东和陕北,胡宗南部二十五万人马,在飞机大炮的掩护下向延安进攻,延安军民奋起自卫,开始了保卫延安的战斗。当时在陕北的解放军只有两万多人,在彭德怀副总司令指挥下,不计较一城一地之得失,以消灭敌人有生力量为目的,于 3 月 19 日主动撤离延安。就在胡宗南占领延安之后的第六天,解放军就在青化砭消灭敌三十一旅三千多人,活捉旅长李纪云以下两千六百多人。

青化砭战斗后,解放军又在羊马河、蟠龙两地连续歼

图1 延安的窑洞

图2 一边耕地,一边学习的孩子。

图3 "延安各界反内战反特务大会"会场

图4 "延安各界反内战反特务大会"主席台

敌两个旅,活捉旅长麦宗禹、李昆岗以下一万三千多人,缴获军衣四万余套、洋面一万二千余袋,及大量枪支弹药和骡马,装备了部队。5月14日,陕甘宁边区军民联合祝捷大会在真武洞召开,周恩来亲临讲话,说毛主席还留在陕北,亲自指挥我军作战,讲话极大地鼓舞了战士们的斗志。解放军西出陇东,北上三边,攻打榆林,又打沙家店,消灭敌人三十六师,毙伤师长钟松以下两千多人,活捉旅长刘子奇以下六千余人,解放军由内线防御转入反攻。

敌人南逃,解放军从佳县、米脂一直追到延川、延长,

图5 延安军民大游行。前面举横幅的是西北文艺工作团成员,后面的人举着"反对内战,坚持和平""人民起来,进行自卫""为死难烈士报仇"的标语牌。

图6 西北野战军某部在行军途中。

图7 战士们跑步前进,占据有利地形,向敌展开进攻。

图8 露营。战士们正在山沟里做饭。

图9 战士们在河滩里做干粮。

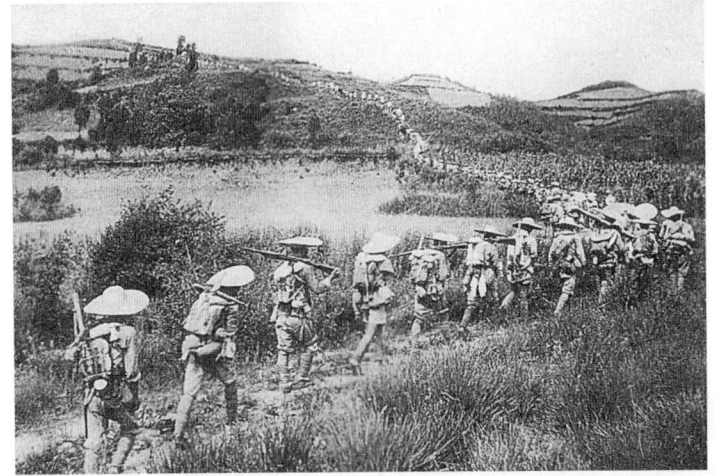

图10 西北野战军在转战途中。

图11 西北野战军收复清涧。

图12 清涧庵上村秧歌队在给部队演出。

图13 部队走出边区,受到新解放区人民的欢迎。

图 14 瓦子街战役中,战士们在冲向敌人阵地。

连续收复延川、延长、清涧、子长、绥德五县城。在清涧战斗中歼敌七十六师五千三百余人,活捉师长廖昂、旅长张新以下四千三百余人。

1947年11月上旬,解放军二次攻打榆林,由于沙漠作战,天气又冷,敌人加强守备,故未攻下。傅作义、马鸿逵的援兵兵临城下,解放军弃城打援,歼灭马部十八师四千余人。该年冬,解放军分别在绥德、米脂、安塞、志丹、清涧等地整训,开展以诉苦、三查为主要内容的新式整军运动。整训期间,为活跃部队文化生活,绥德"群众剧团"演出了山西梆子《苏三起解》《打渔杀家》和《廉颇与蔺相如》等剧目,受到战士们的热烈欢迎。清涧庵上村的群众也于新春佳节组织秧歌队,给部队拜年。

为加强政治教育,西北野战军第一纵队政治部油印出版了《前线生活》小报,以服务部队为宗旨,反映部队情况,介绍工作经验,指导部队政治工作,它是纵队党委的机关报,具有指导性和综合性,与旅团报纸具有不同的特色。

1948年是大反攻的一年。3月1日,解放军在宜川瓦子街战役中,消灭敌二十九军三万余人,击毙其军长刘戡、

图15 瓦子街战役中缴获的战利品。

图16 战斗间隙,战士们在帮助群众收麦。

师长严明、旅长周由之以下五千余人,其余全被活捉,无一漏网。

  1948年夏,解放军从黄陵等地出发,连克旬邑、彬县、麟游、扶风、岐山、凤翔、宝鸡等地,灭敌七十六师一万多人,击毙七十六师师长徐保,活捉八千多人。胡宗南慌了手脚,除命令原先增援洛川的八个旅迅速返回关中外,还命令第十七师何文鼎部连夜撤离延安和洛川,迅速返回西安。解放军于4月22日收复延安。1949年5月20日西安解放,消灭胡宗南部四万余人。8月26日兰州解放,消灭马步芳部三万余人,促使青海、宁夏、新疆等地相继解放。

选自《老照片》第六十四辑

"土包子"进城

袁锡钦

1948年秋进济南后,我和原会计训练班的孙秀芝、田淑英分在一起。我们先去了纬七路原国民党军仓库,在这里清点军服、鞋帽。然后又到了成通、仁丰、成大几个纱厂,清理登记全部固定资产和各种设备,工作非常紧张忙碌。这时我又接到了通知:马上到华东财办生产供应部报到。几个月来,我走马灯似的不断调换工作部门。没办法,济南刚打下来,到处都需要人。我们是军人,服从命令是我们的天职。到了华东财办生产供应部后,我被分配到财务科工作。科长叫李念珍。她安排我们的第一件工作就是每人拿一把笤帚,到经一路纬一路原国民党军军长吴化文住过的一座四层楼整理卫生。进了院子,只见这里遍地子弹壳，门窗玻璃全碎了，楼梯上下一片狼藉。清理完毕后，华东财办就搬到这里办公了。看着这楼上楼下、电灯电话，我心想：要是没有野战部队的战友们用生命和鲜血换来济南战役的胜利，我们哪能在这里工作呢？我暗下决心，一定要努力工作，支援前线。

到财办后的工作就这样开始了。刚开始，电灯打不开，也不习惯蹲马桶。有一天不知怎么碰上墙上的开关，天棚上那圆圆的家伙立即就转个不停，直转得屋里冷飕飕的。我们几个人手足无措，好不容易来了个行家，告诉我们这是电风扇。他把风扇关了后告诉我们，墙上的开关就是控制这风扇的。唉，真是好笑，我们大部分同志都是土包子，哪见过这洋玩意儿啊！

我当时只有17岁，乍坐在办公桌前总觉得别扭。每天接待很多陌生人，也不知讲什么好，心里有些茫然。我多么怀念过去的军营生活啊！心里经常思念那些同生死共患难、朝夕相处的战友们，也不知道他们现在哪里，在干什么。那时真应了当时流行的一句话："土包子进城傻乎乎。"

1948年冬天，济南又恢复了车水马龙的热闹场面，每到夜晚都灯火通明，各剧院也都恢复了演出。当时这些地方都贴着军人免票三个月的告示。我们几个女同志开始时还结伴外出逛街、观景，时间一长对城区熟悉了，每个人的爱好情趣不同，渐渐地也就各行其事了。我喜欢看电影，只要一休息我就往电影院跑，星期天更是过足了瘾才罢休。曾经有一个星期天，我一口气连看了六场。像《马路天使》《十字街头》《一江春水向东流》《八千里路云和月》这些优秀影片，我不知反复看了多少遍。故事梗概至今仍清晰地记得。

进城已经几个月了，我的小平头仍旧留着，总觉得这样方便，也懒得留起长发。那时有些不知情的人总把我当成小伙子，为此还闹过几次笑话，也惹过不少麻烦。记得

图1 1949年6月，作者（右三）和孙云生（左一）、王立华（右一）在济南合影。

图2　1949年8月15日,作者和王立华(中)、刘英(右)合影于济南。

1949年元旦过后,我和王立华、孙绳琪、赵子敬、佟得明、杨暑明、牛占祥六位同志接到供应部党组的命令,让我们具体负责筹建华东财办生产供应部工业学校。第一任校长是李达同志,教务主任是王佐青同志。记得组织科科长是孙云生同志。这天,我们几个人到普利门外选校址,选了国民党"青年会"的旧址,隔壁就是"万国理发馆"。我们看到理发馆的人少,就都进去理发,赵子敬同志顺便和老板商量能否仅凭票为教职员工理发的事情。理发师傅的话很多,不管给谁理,都边理边聊天。轮到我时,看我这一身军装,平头发型,误以为我是小伙子,我干脆也假装到底。只听师傅问我:"刮不刮脸啊?"我吓了一跳,赶紧摇头,使劲憋着一口气,才没笑出来。师傅看我年纪小,又摇头又摆手,也赶忙说:"对,对,没结婚不要刮脸。胡子越刮越浓……"理完发,我三步并作两步出了门,笑得直不起腰来。当然,这次我们也谈成了凭票为教职员工和学生理发的事宜。

那时办事效率高,2月份就发出了招生简章,很快就从济南和潍坊两城市急招了二百多名学生,设置了会计和纺织两个专业。这是为部队南下接管城市而专门培养的急需人才。学生一律着军装,全部实行供给制。我记得老师有夏雨秋、丁立志、张一夫、车居轩、路玉遥、白梁等,他们都是很优秀的专业讲师。会计专业是由核算原理、成本组成要素组成,而纺织专业由纺织工艺流程、松包、混包、开棉清棉、梳棉、粗纺、精纺、棉纱加工等专业组成,比较复杂。当时战争仍在激烈进行,捷报不断传来,各城市急需人才,时间很紧,学员们的学习任务十分繁重。学员们普遍为自己是未来的南下干部而骄傲,学习情绪高涨,希望早日学有所成,投身到祖国建设中去。

尽管学习紧张,但是三八节那天,学校还是组织我们女同志到"大华电影院"听姚仲明市长作报告。我兴致勃勃地到了会场,进门时被门卫拦住,一边拦着我一边数落:"这是女同志开会,男同志也来添热闹。"我一听笑了,原来是这小平头惹的。我赶忙向他解释。一听到我开口讲话，门卫知道误会了，这才放行。休息时我去如厕，推门进去正有一女同志蹲着，看到我后吓得赶紧提起裤子大声说："难道连男女两个字都不认识吗！"然后摔门而去。我怔怔地看她走出去，根本来不及解释。心想，这小平头是不能再留了，不知道日后还会招惹什么麻烦。

几天后，我正为头发的事烦恼着，又碰到一烦心事。那天，我去纬八路办事，路过八卦楼（妓院），忽听拱形

图3　1949年10月，华东财办工业学校全体共青团员的合影（前排右一为作者）。

门里有喊人的声音。往里一看，一个花枝招展、涂脂抹粉的年轻女人正朝我边走边喊："小兄弟，快进屋里坐坐，咱们玩玩啦。"哎哟，这是碰上妓女了。我撒腿就跑，生怕她真把我拖进屋里。回到学校，我发誓再也不留平头了。

淮海战役大捷的消息传来时，济南各界市民上街欢庆。战争进展非常快，各个战场不断传来胜利的消息。没等我们的学生学成南下，长江以北的大部分地方都已攻克了。我们学校的学生也不用随部队南下了。华东局生产部决定，9月15日前一部分学生就地分配，另一部分转入山东省会计专科学校继续学习。同学们很快都离开了，工作人员除了我和王立华外也都重新分配了工作。我们两人抓紧时间清点账目，报备生产部。9月底就完成了清资工作，回到生产部等待分配。

待命期间，我们知道中华人民共和国就要成立了。我俩很兴奋，憧憬着美好的未来。

选自《老照片》第三十九辑

1949年：参加接管北平

刘 乡

"九一八"日寇侵占东三省后，向华北蚕食，父亲王观卿工作了几十年的秦皇岛柳江煤矿，被日商讹诈强占。父亲坚辞日方高薪挽留，于1935年愤然带全家回到老家北平西三旗赋闲。1937年7月7日卢沟桥事变，宋哲元率二十九军浴血奋战不幸败退，北平沦为敌占区。生长在国家多灾多难的时代，我曾两次失学，幸而得三哥陈涛（原名王桐，中共临汾情报站站长）的帮助继续学业，先后在志诚和盛新中学女校读书。受父亲爱国情操和三哥革命思想的影响，深感亡国之痛，忧国忧民，思想日益激进。

1945年抗日战争胜利，人们兴高采烈，盼望国民政府尽快接收北平。我曾和妹妹步行到西郊机场迎接国民党军队，不料迎到的国民党军人个个无精打采。以后又不断传出接收大员贪污腐败的丑闻，汉奸的公馆、财产和姨太太全被"劫收大员"据为己有。民众对国民党大失所望。

1945年秋，三哥奉命撤回解放区。虽然失去他的经济支持，但我认为他去的一定是好地方。1946年暑假，我在大表姐赵学玲帮助下，征得母亲的同意，于1946年8月4日从北平通过青龙桥国民党军封锁线到达张家口，考入白求恩医科大学（23期，四年制），同学多是来自平津地区

图1 1949年，接管人员摄于北大医学院学生宿舍。中间戴眼镜者为鲍敬桓。

大学和中学的学生。国共和谈破裂,战火即将燃烧到张家口。9月,白求恩医科大学撤出,转移到河北省唐县葛公村继续办学。解放战争节节胜利,华北大片城乡解放,1948年春,白求恩医科大学迁至石家庄。

从参加革命到离休五十多年,我主要是从事医学和科研等业务工作,真正参与政治性任务,是1949年参加接管北平的医疗卫生单位的工作。同学们个个兴高采烈,激情万丈,虽已过去几十年,当时的情景依然历历在目。

23期停课调入北平军管会

1948年12月9日,学校组织纪念"一二·九"学生运动,我们在礼堂听北京大学学生(从北平逃出来)作学运形势的报告。随后学校紧急动员,宣布23期暂时停课,学员调入中国人民解放军北平市军事管制委员会,负责接管北平医疗卫生单位。战争形势发展很快,此时的北平和天津已被我军围困,即将解放。接管北平需要大量干部,我们熟悉大城市,又学了两年多的医学,于是被选调担此重任。没想到这么快就可以回家了,同学们都异常兴奋。

为给行军做准备,我进城到石家庄购买日用品,竟然在街上碰到三嫂李敏,自1945年三哥一家撤回太岳军区,

图2 1949年，接管小组合影。左起依次为吕凡、李新、林凯、赵殿奎、作者。

我们即失去联系。我们激动地拥抱在一起。三嫂简单地谈了他们的近况，我扼要介绍了参加革命的经过，便匆匆分手，相约北平解放后回家团聚。

次日开始急行军，北平解放在即，我们日夜兼程，一天走八九十里也没人叫苦说累。最后一天，我们从涿县坐了一段火车赶到长辛店，炮声隆隆，北平已近在咫尺。我的心情十分激动。

北平是一座历史悠久的文化名城。建筑专家梁思成曾将北平的名胜古迹标注在地图上，转交围城的中共方面，

峥嵘岁月

呼吁千万不可炮轰。为保护这座古城，中共决意"和平解放"。遗憾的是，这座古城后来并未被完整地保存下来。古城面貌全非，令人痛惜。此为后话。

等待与傅作义和谈期间，各部门参加接管的干部云集良乡，学习接管政策和纪律，听彭真、黄敬等领导的报告。我们的主要任务，是熟悉中共地下党提供的各医院的材料，如医院的沿革、规模、设备、人员、技术水平，以及人员的思想状况等等，相当详细。其间，还学习了郭沫若的《甲申三百年祭》，作为防止干部腐化的警示。

军管会入城

我们在良乡住了一个多月，度过了1949年的元旦及春节。1949年2月3日（正月初六），北平和平解放了，中共和傅作义都为保护古城做出了历史性贡献。北平军管会人员开始陆续进城。"接管卫生部"，驻地在西单背阴胡同北大医学院的学生宿舍，我们进城后也住在此处。没有床铺，大家都睡在地板上。"接管卫生部"的部长是苏井观，副部长是殷希彭和鲍敬桓，具体事务多由鲍敬桓副部长负责处理。鄂征被安排在"接管卫生部"做秘书，组长是赵建辛（1951年他们曾一同到苏联留学）。鄂征每日处理文件，把各大队送来的报表整理成综合资料，交给赵建辛，由他送交苏井观部长。此外，他还负责开介绍信和办些文牍杂事。一群初出茅庐的青年，在鲍敬桓直接耐心的指导下，顺利地完成了接管任务。鲍敬桓为人纯朴善良，对年轻人十分爱护，是个好领导。他后来调到山东工作，担任过省立医院院长、省卫生厅副厅长。

"接管卫生部"下设四个大队，每个大队由军代表领导若干接管小组开展工作。第一大队军代表为谢华、贺云卿，负责接管国军系统的医疗卫生机构；第二大队军代表是张文奇，负责接管北平市立医院和卫生所等单位；第三大队由李志中负责，任务是接管卫生防疫和兽医单位；第四大队由刘敏（白求恩医大的政治部主任）负责，任务为接管德国医院。23期同学分散于各队中，除少数老同志有工作和斗争经验外，其余都是二十多岁的涉世不深的青年学生，这帮战士级的"接管大员"，个个意气风发，毫无畏惧地走上各自的岗位。

接管组开展工作

第二大队军代表张义奇（白求恩医大的教育长，建国后为北京市第一任卫生局局长），除领导各组接管工作外，还要组织力量清理市内几座大垃圾山，任务繁重，昼夜操劳，相当辛苦。我分在张文奇领导下的一个接管组，组长是老同志赵殿奎，组员有李新（沈阳医学院学生）、林凯、吕凡和我（均为白求恩医大23期学生），负责接管北平市立第一医院、第二医院、第一卫生事务所、第二卫生事务所和性病防治所（也称妓女检查所）五个单位。

在性病防治所，我第一次亲眼见到不同等级的妓女。头二等的妓女打扮得清新素雅，像是学生。三四等的大多像影视剧里所呈现的形象，浓妆艳抹，头戴绢花，身着绸缎旗袍。有些雏妓可能只有十四五岁，甚是可怜。下等的多是四五十岁的中年妇女，外形似家庭妇女或女佣。不同等级的妓女服务的对象不同，待遇和生活状况相差悬殊，但都是被压迫、被蹂躏的可怜人。新中国建立后取缔妓院，使妓女获得新生，的确是一大德政。

进驻市立一院不久，工友告知有人找我，我赶到会客室，却不见一人，正纳闷间，七八个人从桌子底下突然钻了出来，原来是我的同学知道我从解放区回来了，特意跑来看我。多亏这一幕未被医院的职工看到，否则他们会发现我这个"接管大员"原来是个稚气未消的女学生。

我们组接管的单位既多又分散，组长赵殿奎便让吕凡和我住在市立第二医院，主要负责二院和二所，任务是宣

图 3　北平军管会期间,摄于北大医学院宿舍院内。左起依次为作者、某牙科大夫、吕凡、鄂征。

传党的政策、团结工作人员和清点物资。二院医护和职工大都友好善良,工作进展很顺利。但也有个别人看我们太年轻,想为难我们。一天晚上,两个男人(其中一个还醉熏熏地)闯进我们的办公室,提了好多问题要我们解答,实际上是来挑衅。次日,我们找到院长,把昨晚发生的事向他通报。他答复一定管束他的员工,不会再发生类似事件。

　　二院有个大夫,自称是中共地下党员,主动向我们反映情况。他就住在我们隔壁,有时我们也去他的房间。在

图4 20世纪50年代中期，作者授衔后的留影。

他那里，我们见到一个黑色的、很特别的机器，他说是收音机，还说如果再加上一个部件即可收发电报。有一次，交谈中他说自己有党证，这引起了我们的怀疑，因为我们虽是党员却都没有党证。有一天半夜醒来，听到隔壁传来"滴滴答答"的声音，引起我的警觉：莫非他在收发电报？我忙叫醒吕凡，她也觉得像收发电报的声音。次日我们紧急向上级汇报，并与保卫部门联系，内外配合暗地里对他做进一步的观察。后来看到他把那个"收音机"转移出去了，或者他已经觉察到我们在注意他。鲍敬桓认为我俩处境危险，让我们白天在二院工作，晚上回一院住。不久，这个人被保卫部门抓走了。但他到底是什么人？如何定的案？均不得而知。后来，我们在一个破获敌特案件的展览会上看到了那个"收音机"，并注明是"缴获自市立第二医院×××的收发报机"，人名和机器都对上了。

我们虽为"接管大员"，生活上却很简朴，并有严格的纪律约束。我们这些战士级的"接管大员",伙食标准比医院普通职工还低,食堂只好给我们另开"小灶",专做小米饭和粗粮。4月份,我们从医院撤走时,真正是两袖清风,连一张纸一支铅笔也没有带走,影响确实不错。听说参加接收某医院的一个同学撤离时擅自带回一条毛毯,遭到严厉批评,最终毛毯上交,还受了处分。可见,那时上级对我们的监督确实很到位。

  接管工作于4月份结束,我们开始复课。后来得知,上级认为白求恩医大23期在北平的接管任务完成得不错,曾想派我们去上海参加接管。但医大领导考虑停课时间太长,不利于对我们的培养,没有同意。

  选自《老照片》第八十二辑,图文有删减。

50年后忆参军

邢志远

笔者于2002年春,在北京邂逅一位20世纪50年代初期的老战友。分别多年,这位从前的妙龄少女,已是满头华发的祖母大人。她历经艰辛,无怨无悔,其开朗的性格、乐观的精神丝毫未减,可谓青春长在。老战友相逢,自然要回顾往事,她向我笑谈她五十多年前投笔从戎、脱下蓝布旗袍换穿绿军装的经过。我觉得很有故事性,值得一记。

解放前,在湖北省东部长江北岸的广济县(今武穴市)武穴镇,有个湖北省立广济师范学校。该校有师范部和初中部,学生来自全省各地,全部在校内住宿。校长姓姚,是20世纪20年代北京某大学的毕业生,做过国民党地方政府的官。大概是官场失意,才来屈就中等学校校长之职。

他文才口才都不错,讲话口气很大,毫不隐讳自己的反共立场和观点。

到1949年春,辽沈、淮海、平津三大战役都以国民党军队的彻底失败而告终。解放军下一步要打过长江,江北各地更是朝不保夕,这是谁都能看出的必然趋势。广济师范学校春季开学,学生才来了几十名,一些家在武汉的教职员也没有来,无法开课。3月份,南京国民党政府代总统李宗仁要求派代表到北平同中国共产党谈判。李宗仁等人有个一厢情愿的想法,要同共产党划江而治,保持长江以南的半壁江山。他们还极力宣传长江天险难以逾越,共产党打不过来,等等。姚校长对李宗仁等国民党人的意图和宣传很赞成,很相信。他特地从武穴跑到武昌,找国民党湖北省政府教育厅,据说还找了省主席,要求把学校从长江北岸搬到长江南岸。省政府指定该校迁到黄石港。

黄石港位于长江南岸工业城市石灰窑以西(石、黄两地如今合称黄石市),是个小码头,也是个集镇。广济师范学校迁来后,借驻在该镇东部江边一座天主教堂的大院内。此时国共和谈正在北平举行,国内局势相对平静,没有大的战事发生。因学生过少,教师也不齐,学校一时无法开课,男女学生除了自修,每天都在江边徜徉。眼望着一江春水向东流,不少学生想起"大江东去,浪淘尽,千古风流人物""长江后浪推前浪,一辈新人换旧人"等诗句,对国家的前途和个人的出路,都难免有所思考。

大约是4月下旬某一天,浩浩长江上,出现了前所未有的奇观。本来,长江中大小轮船东来西往,大家都看惯了,这一天,却见大批轮船一艘跟一艘由东向西开,它们喷着黑烟,鸣着汽笛,急匆匆地驶往上游,掀起阵阵波浪,冲击着江岸。学生们从来没见过这么多轮船鱼贯而行,都站在岸边指指点点。

这是怎么回事?当时黄石港没有报纸,学校也没有收音机。几天之后传来消息,北平国共谈判已告破裂,人民解放军已于4月21日从江苏、安徽一举打过了长江,很快占领了南京,李宗仁已从南京逃走。大家恍然大悟,那些轮船原本要开往上海、南京等地,是长江下游的战火把它们堵了回来。

国民党"南北朝"的幻想破灭了。黄石港地处江岸,战火会不会烧到这里?学校是不是安全?大家议论纷纷。姚校长为稳定人心,特地请驻扎在黄石港的国民党第一二六军三〇五师九一五团团长郭坚到学校"训话"。这位团长操着安徽口音大言不惭地说:大家尽可放心!我们湖北各地的"国军",都是华中军政长官白崇禧指挥的。白长官外号"小诸葛",是中国数一数二的军事家,从来

图1 1949年5月15日,驻黄石港国民党军起义,派船到江北接运解放军。

没打过败仗,比蒋总统强多了!共产党为什么在江苏、安徽渡江,不在湖北渡江?就是怕白长官指挥的"国军"。他们要在湖北过江,没那么容易!现在湖北长江两岸都在"国军"手里。我可以大胆向各位声明,黄石港固若金汤,万无一失!大家都可以安心读书……他讲了一大篇,姚校

图2　解放军即将登岸。

长带头鼓掌,并向他表示感谢!

　　果然,从4月下旬到5月中旬,黄石港一直是平静的,不见有什么异常现象。

　　5月15日清晨,师生们起床不久,一位买菜的工友从街里回来。他面带惊奇和神秘,告诉大家:"过来了!过来啦!"

"什么过来了?过来什么啦?"学生们问。

"共产党过来啦!"

"你说什么?他们什么时候过来的?怎么过来的?怎么没听到枪响?"学生们七嘴八舌地问。

"人家半夜就过来啦!这里的"国军"投降啦!把共军从江北接过来啦!你们不相信,就到街里去看嘛!"(图1、图2)

学生们都要到街里去看。姚校长劝阻说:"共军刚过来,兵荒马乱,你们别忙去看。"他特别关照那些女学生:"你们更不要去看。此时此刻,女孩子少抛头露面为好!"女学生不听,都跟男学生跑出去。姚校长在后面喊:"见了共军,千万不要嘻嘻哈哈的。"

事情来得这么突然,一觉醒来就改朝换代了。姚校长尴尬地说:"难怪那个郭团长大吹大擂,讲黄石港安全可靠,叫大家放心。原来他早和共军勾搭上了,这可真是知人知面不知心呀!"姚校长很有些啼笑皆非,看来他对郭团长把解放军接过来是不高兴的;但郭团长使黄石港避免了战火,学校师生的安全得到保障,他也感到相当欣慰。

学生们跑到黄石港街里一看,果然有大批刚渡江过来的解放军,正在同老百姓交谈。军人和老百姓挤满了街道。

图3 1949年5月16日,大冶县城一景,居中女军人为白玉芝。

特别是十多位女兵，受到女同胞的包围。妇女们抚摸着女兵的军衣，拉着她们的手问长问短。有一位女兵面带微笑，落落大方地回答人们的问题。受到大家的瞩目，她说："我们是林彪大军，是从东北来的第四野战军嫩江部队二支队。先头部队已经打到石灰窑和大冶县城去了。我们是二支队宣传队，天亮后才渡江。"她名叫白玉芝，是黑龙江人。说起黑龙江，学生们还知道，嫩江在哪里？几乎没有人晓得。白玉芝说，她们是步行数千里，跨过长城黄河来到江南的。女同胞们都很惊讶，连声赞叹！女学生们更是啧啧称羡，竖起大拇指说："了不起！好样的！"有的男学生悄悄说："这个姑娘很漂亮，健康美！"有的说："和女学生一比，这些女兵真是雄姿英发，超凡脱俗，称得上巾帼英雄！"（图3）

宣传队向群众分发了许多传单，其中有《中国人民解放军三大纪律八项注意》《将革命进行到底》《向全国进军的命令》等，还有些革命歌曲。

回到学校，大家发现姚校长的精神面貌焕然一新。他棋高一着，竟把嫩江部队二支队宣传队的队长王兰心请到学校来"训话"。王队长是位山东大汉，年龄比队员们大些。他自称抗战期间参加八路军打日本鬼子，日本投降后到东北，又同国民党打了三年。他说：我们是人民子弟兵，是为人民服务的队伍。我今天不是来"训话"，我给大家讲讲我党我军的政策和纪律。他按照《中国人民解放军布告》的内容,给大家讲了"约法八章",强调解放军"保护一切公私学校、医院、文化教育、体育场所和其他一切公益事业。凡在这些机关供职的人员,均望照常供职,人民解放军一律保护,不受侵犯"。他希望老师和同学们照常上课,安心读书。大家对王队长报以热烈的掌声。姚校长同上次感谢郭团长一样,再三向王队长表示谢意。

此后,每天都有大队解放军在黄石港上岸,从学校门口向东开去。学生们冲解放军鼓掌,解放军都笑着招手。还有南方人很少看到的大批军马,嘶叫着,快速地从欢呼的人群中穿过,引得学生们兴高采烈。姚校长也忍不住赞

图4 黄石港解放后,广济师范学校师生合影。中排坐者左起第六人为姚校长。

叹说："共产党的军队，可真是人欢马腾呀！"这时大家已知道，武汉也没有经过激烈的战斗，与黄石港同一天宣告解放。白崇禧也逃跑了。那些家在武汉的师生都放心了。姚校长说："我们几十名师生，在黄石港一道得到解放，意义非凡，这也是难得的缘分，值得纪念。"他派人到石灰窑请来照相师傅，在校师生一起合影留念（图4）。

紧接着学校准备复课。5月25日，又有三名解放军来到学校。姚校长等出面接待，一番寒暄，得知这三位原是武汉的大专学生，年初进入大别山解放区。第四野战军开进湖北后，他们便参加了嫩江部队政治部宣传队。他们的来意，是要动员学生参加解放军。其中一位姓张的同志，向学生们介绍人民解放军的传统和作风，突出介绍人民军队的三大民主，并与国民党军队对比，强调人民军队官兵平等。他说，当代青年要投身到革命洪流中去，经受革命战火的锻炼，为解放全中国作贡献，使自己的青春焕发灿烂的光辉，做毛泽东时代的好青年。他讲完话之后，三个人便分头找男女学生交谈。

这三位解放军都是湖北人，虽离开校门不久，却都颇有口才，讲亲身经历和体会，很有影响力。学生们听了，感到很亲切，很动心。当天下午，就有十多名同学报名参军。女同学有宋文艺、杨谦、魏幼桃、王连芳、郭慎言、许本济；

男同学有裴达、邹行帆、徐正品、桂光裕、卢程次以及一位姓汪的。另有一位伙房烧火的工友陈福义。

这十多名同学言行一致，说到做到。那三位解放军说：嫩江部队宣传队已经到了江西省九江市。参军的同志今天就要离开学校去石灰窑，明天从那里上船去九江。不知大家能不能马上走？同学们表示，自己离家在外求学，身边没有多少东西，说走就走，毫无问题！姚校长见此光景，马上告诉伙房晚饭加菜，给参军的同学送行。饭后还举行了一个简短的欢送会，姚校长代表学校，赠送每个参军的同学两枚银元。

当天黄昏，参军的同学就随三位解放军到石灰窑，在一家银行的楼上住宿。5月26日清晨，他们会同在石灰窑参军的学生，在一位东北籍同志的带领下，登上一艘小轮船向九江进发。这时，长江两岸各县都已解放。

船过武穴，同学们都笑起来。说两个月前，为躲避战火，躲避解放军，我们随同学校迁到上游长江南岸的黄石港，而今天我们却参加了解放军！从武穴到黄石，完全是多此一举。

船过湖北最东端的黄梅县边境，九江遥遥在望。这时，那位姓汪的同学突然提出，他下船后要回黄梅去！他挂念家乡父母，后悔报名参军了。同学们都很生气，纷纷指责他不该言而无信：大丈夫一言既出，驷马难追。你在黄石港自愿报名参军，谁也没有逼你，你为什么这样出尔反尔，变化无常？

汪同学辩解说，我报名未同父母商量，他们不会同意。

同学们说：好男儿志在四方！我们报名参军，谁也没同父母商量，如今湖北都解放了，好青年都要参加革命，我们参军很光荣，你父母一定也会赞成！

说来说去，汪同学坚决要回家，对同学的劝说和批评置之不理。同学们更为气愤，有的说：你是怕死吧？真没出息！有的说：你既然不参军，就应该把校长给的两块银元交出来！

这时，那位带队的东北籍同志劝解说：我们动员同学们志愿参军，汪同学既然想回家，人各有志，我们就不勉强，相信他以后还会参加革命。船到九江，姓汪的同学自己走了，同学们没有同他再说一句话。

学生们到达嫩江部队政治部宣传队，受到热烈欢迎。他们来时都穿着自己的衣服，男的是学生装，女的是蓝布长衫，这时都换上了军装。不过那时第四野战军进军很快，后勤供应不及时，没有新军装可领。大家穿的都是老同志让出来的旧军衣。看到自己同老同志的穿戴一模一样，同学们都十分兴奋（图5）。

图5 左起依次为魏幼桃、杨谦、王连芳。摄于1950年。

此时大家才知道,所谓"嫩江部队"是第四野战军第十五兵团四十三军的代号。二支队是一二八师的代号。四十三军军长是洪学智,不久他升任兵团副司令。

后来还得知,驻黄石港的那位郭团长,早就下决心起义。5月14日下午,他派人到江北找解放军联络。洪学智派年轻参谋张志诚过江到黄石港打探虚实(图6),同郭见了面,郭又派代表过江面见洪学智,并把该团扣留在黄石港的大批木船连夜开到北岸接解放军。于是,解放军一枪未放就解放了黄石港、石灰窑以及大冶县城。多年后,从军队转业回东北,

图6 张志诚

曾任长春市朝阳区人大常委会主任的张志诚,写了篇《洪军长在长江前线指挥我军渡江》;曾任民革安徽省副主委的郭坚先生,也写了《黄石港起义》。这两篇回忆录都详细地介绍了黄石港一带和平解放的经过。

裴达、宋文艺等广济师范学校的男女同学,从九江开始随军南下,参加了解放江西、广东和广西诸战役,跋涉数千里,1949年底到达雷州半岛。1950年又参加了解放海南岛之战,后又回到广东,分别在不同的岗位上有所贡献。令人痛惜的是,原籍湖北松滋的裴达同志,于1950年秋不幸溺水牺牲,遗体安葬在湛江市郊外的临时烈士墓地。终

图7 裴达　　　　　　　图8 裴达之墓

年不到二十岁（图7、图8）。其他同志在经历了半个世纪的沧桑之后，分散到祖国各地，相互之间大都失去了联系。但笔者相信，不管怎样，这些如今（2003年）已年过七旬的老人，一定不会忘记自己在黄石港参军——那改变自己命运的一幕。

选自《老照片》第二十九辑

爷爷与他的"江防舰队"

胡大进

我的爷爷叫叶裕和。我小时候就知道,爷爷曾是国民党海军江防舰队少将司令官;新中国成立时,他是起义将领,再后来,他是解放军海军司令部研究委员会委员。

1892年2月,爷爷出生于印度尼西亚首都雅加达的一个华侨家庭。他自小接受中华传统文化和礼教的熏陶、教育,对祖国有着深厚的感情。为此,他放弃继承皮草制造的祖传家业,于1906年只身踏上了回国的旅途。

爷爷早年毕业于烟台海军学校航海班,后任国民党海军第二舰队"青天"测量舰舰长。全民族抗战爆发后,他以海军测量舰队司令的身份率部在长江下游奋勇抗战,指挥"青天""橄日""甘露"三艘测量舰,冒死破坏航道

图1 20世纪30年代初,身着西装的爷爷。

图2 20世纪40年代中,身着戎装的爷爷。

上的所有灯标信号,阻止日军沿江向上游的推进,保护了国民党陆军的侧翼。可惜由于汉奸出卖作战计划,爷爷未能继续拦截长江上游的日舰。全民族抗战初期,敌强我弱,国民党海军各舰队陆续遭到日军的毁灭性打击。日军轰炸机反复轰炸封锁线上的中国舰艇,爷爷手下的所有测量舰船也未能逃过一劫。1945年抗日战争胜利时,国民党海军的作战舰艇仅存七艘。抗战胜利后的1946年8月,爷爷出任海军总司令部江防舰队舰队长,并在次年7月出任江防舰队司令部少将司令。

我曾听爷爷说过,他统辖的江防舰队前身系国民党海军第二舰队。该舰队鼎盛时期有军舰二十二艘,主要布防长江沿线。一是为保障航道安全,二是要切断解放军在长江两岸的交通和联系。1949年4月渡江战役打响后,第二舰队大部分军舰在南京起义,剩下的八艘从南京和武汉向四川退缩,其中"威宁"号留在武汉,最终入川的仅有"民权""常德""英山""英德""永平""郝穴""永安"七艘炮舰。1949年5月,时任江防舰队司令的爷爷奉命率舰队从汉口溯江而上进入四川,分别在万县、长寿和重庆

图3 解放军接收人员在"民权"舰上与起义水手交谈,此舰后改名长江舰。

图4 20世纪50年代初,爷爷与两个女儿的合影(前右为作者母亲)。

布防。

1949年10月1日,中华人民共和国成立。11月初,人民解放军向重庆挺进,蒋介石在重庆设置的外围防线随即崩溃,蒋军官兵人心惶惶,准备继续向西逃窜;江防舰队也因大多数福建籍水手思乡心切,厌战情绪严重。眼看国民党大势已去,爷爷与时任参谋长兼旗舰"民权"号舰长的程法侃多次密谋,最终商定选择时机弃暗投明。11月29日,国民党重庆卫戍司令部突然命令各舰开往江津待命,爷爷以燃料不足为由拒绝执行。蒋介石闻讯勃然大怒,在逃离重庆前夕紧急召见爷爷。

爷爷后来说,蒋介石召见他时,满脸杀气,站在蒋身后的两名贴身侍卫都手提已打开保险的手枪。蒋介石先是责问,后是怒斥,要爷爷"应负全责",并责令他立刻从旗舰搬到岸上,与重庆卫戍总司令部联合办公,候令行动。当日傍晚,爷爷与参谋长程法侃商定:"抗命起义!"随即通知各舰戒严,断绝与岸上国民党政府的一切联系,尽快与解放军取得联系,准备起义。

至今,我还清晰地记得爷爷对那次起义中细节的回顾。当时,爷爷身着将官服饰,在"民权"舰指挥舱迎接解放军的到来。面对前来的解放军,爷爷略显拘谨地说:"欢迎!欢迎!国民党已彻底完了,老蒋给我们的命令是死守重庆,而他们昨晚却悄悄撤退了。今早才来人要我们把船凿沉,上岸撤往成都,但我们决不会再做错事。现在你们终于来了,我可以把江防舰队移交给你们了。"说罢,爷爷叫信号兵发出起义指令。各舰立即作出响应,鸣起汽笛,划破了山城的夜空。

起义后,解放军派人分赴各舰,封存武器;同时,爷爷命下属将四百多名起义人员花名册和大量物资器材、武器弹药,电台密码本和二十多箱银元(四万多枚),悉数移交给解放军接收人员。爷爷曾对我说,办理移交时,一位解放军干部笑着问他:"要不要开收条?"爷爷连忙摆手:"不要,不要!"

图5 20世纪60年代初,退休后的爷爷,与作者手牵手漫步在北京街头。

1949年11月30日,"民权"等五舰在重庆江面起义。此前一天,江防舰队所属"郝穴""永安"两舰也在忠县起义。12月1日,七艘起义军舰改悬八一军旗。

1950年5月,江防舰队编入解放军华东海军舰艇序列,爷爷奉华东海军司令部之命,率舰队沿长江东下驶抵南京。

七艘炮舰均被重新命名：旗舰"民权"号改称长江舰，"常德"号改称闽江舰，"英山"号改称怒江舰，"永平"号改称乌江舰，"英德"号改称嫩江舰，"郝穴"号改称湘江舰，"永安"号改称珠江舰。

1953年2月，毛泽东首次视察人民海军时，曾乘坐长江舰，并在舰上为海军题词："为了反对帝国主义的侵略，我们一定要建立强大的海军！"毛泽东还在舰上接见了林一山等人，提出将来要在长江上建设三峡水库的构想。

由于长江舰的这段特殊历史，在其20世纪60年代退役时，海军将其保留在了吴淞基地，长江舰成为人民海军的第一艘纪念舰。

1950年7月，爷爷担任海军司令部研究委员会委员，从事国外海军资料的收集、翻译、编撰和研究工作。20世纪60年代初，爷爷从海司退休，在北京安度晚年。1973年隆冬的一个深夜，爷爷在睡梦中安详辞世，享年七十八岁。

爷爷生前，经常自豪地回忆起那些抗战的往事和率部起义的经历。同样，祖国也没有忘记这位老人，在爷爷逝世次年，他的骨灰被政府安放在北京八宝山革命公墓。

选自《老照片》第七十二辑，图文有删减。

奶奶参军记

王雨晨

早就知道奶奶十几岁就参加了革命,也一直好奇奶奶是怎样参加革命的。

2016年寒假,深陷题海备战高考之余,翻看奶奶珍藏的一些老照片,听她讲那一张张泛黄的老照片背后的故事,不由得对奶奶刮目相看:奶奶生于1933年的大上海,家境贫寒,12岁就到工厂做工,15岁就参加了中共上海地下党的外围组织,17岁一个人拎着装有全部家当的箱子参了军,从此跟着部队离开上海,来到山东。日本侵略者、地下党、华东野战军、抗美援朝……这些原本只存在于历史课本里的名词,都在奶奶的故事里出现了。

当年,比现在的我还小的奶奶到底是怎样走上这条道路的？且让我以几张老照片为参照，给大家讲讲奶奶参军的故事。

12岁就在日本人的毛纺厂做工

今年（2016年）83岁的奶奶至今还记得她4岁时逃难的一幕。时间是1937年。那一年的7月7日，卢沟桥事变爆发，一个多月之后，上海滩就成为日军进攻的目标。一时间日军要轰炸上海的传言四起，市民们四散逃难。奶奶记得逃难那天家里煤球炉子上还做着干饭，饭都做好了也不吃，急乎乎地就走了，家就这么没有了。

逃难的方向是浙江奉化乡下的老家。她跑不快，大她十多岁的哥哥挑着担子，一头是匆忙带出来的被子衣物，一头就挑着她。到了火车站，逃难的人人山人海。当年负责在火车站巡逻的都是印度人，头上包着大红布，人称"红头黑炭"，可能因为红色太醒目，一个"红头黑炭"一下子被日本飞机炸死了，于是火车站台上瞬间乱了套，逃难的人们纷纷往火车上爬。还算不错，奶奶一家五口人都挤上了车。到了乡下，奶奶的爸爸和哥哥都不会种地，待局势稍微稳定，哥哥就先回上海了，而爸爸时不时从奉化贩些粮食到宁波去卖，挣点小钱。但他认为这不是长久之计，

图1 1946年,奶奶13岁时摄于上海费氏照相馆。

加上自己跟村里的人也说不上话,成天闷着,后来也回了上海,进一家工厂当了工程师。等到他落了脚,租了房子,才把奶奶的妈妈接了过去。又过了一段时间,才由大姨妈家的表姐,把奶奶她们姊妹俩带回了上海。

奶奶的爸爸因病去世后,家里一下子没有了经济来源,

图2　1947年,奶奶(二排右一)与一起做工的三个小姐妹合影。

奶奶从12岁起就开始跟姐姐一起去工厂做工养家。那是一个日本人的毛织厂,在浦东。当年的浦东,是荒郊野外,离家很远很远,奶奶吃住都在工厂。没多久,日本战败,工厂关闭。奶奶又陆续在好几个工厂做过工。在卢湾区的一家工厂,奶奶应该度过了一段相对稳定的岁月。奶奶13岁时摄于上海费氏照相馆的一张单人照片(图1),戴着宽沿的浅色草帽,稚气未脱的脸上漾着淡淡的笑意,就是在这家工厂做工时照的。14岁时(1947年前后),奶奶又同和她一起做工的三个小姐妹拍下了一张合影(图2),四个人年龄分别是19、18、16、14,奶奶(二排右一)最小。照片上的四个花季少女,身穿棉布旗袍,脚穿长筒袜、皮鞋或黑布搭襻鞋,笑容恬淡,奶奶和后排女孩的脸上,还带着一份那个年龄独有的青涩。

奶奶后来考上了当时国民政府办的光中纺织厂。奶奶还记得,招工考试的时候,负责的人腰上还别着手枪。考试的内容是接线头,接得快的就要,奶奶干活动作麻利,一下就考上了。做了快三个月之后才知道,那个工厂因为有一批加工业务,人手不够,就临时招人赶工。等任务完成了,就借口说招的都是临时工,今天解雇一个,明天解雇两个。那些老实胆小的,就老老实实走了。解雇奶奶的时候,不甘被欺压的奶奶就在工厂职员的写字间里大声和他们讲理，说他们欺负人。只是她毕竟势单力孤，终究还是被解雇了，但奶奶身上那种不甘被欺压的劲头那时候就显现了出来。

15 岁参加上海地下党外围组织

最令奶奶难忘的，是她在仁丰纺织厂的日子，因为在那里，奶奶参加了上海地下党的外围组织，这是她以后走上革命道路的起点。

仁丰厂位于长阳路齐齐哈尔路，离家近，是奶奶的姐姐介绍她去的。这家私人工厂做多少活给多少钱，多做多拿，管吃住，工人两班倒，一周白班一周夜班，有集体宿舍，有洗澡的地方。奶奶觉得这家工厂还不错。

工厂附近有个小学办夜校，奶奶和几个要好的工友都是穷苦人家的孩子，没上过学，不识字，晚上不上班的时候就去上夜校，学的是"王小二过年，一年不如一年"之类的内容。夜校里的老师是地下党，名义上教识字，实际上是以此为掩护，在工人中发展纠察队员。上一届夜校里的一个男同学李枫加入了共产党，老师通过李枫和李枫的两个同学做奶奶她们的工作，告诉她们解放军现在打到什么地方了，共产党是毛主席领导的，现在越打形势越好了。

李枫很活跃，是脱产联络员，负责几个工厂的联络。1948年的冬天，他介绍奶奶她们五个工友参加了纠察队。纠察队实际上是共产党的外围组织，任务是保卫工厂，迎接解放军。夜校停课后，奶奶她们晚上没事就到李枫的同学家，那两个同学是兄弟，两人单独住在一个房子里。奶奶她们的任务是缝制袖章，休息时那个弟弟还领着扭秧歌，教唱《解放区的天是明朗的天》，做这些事都不能对外声张，奶奶她们感觉新鲜得要命。

奶奶参加这些活动，最终被跟她在一个工厂的姐姐知道了，回去告诉妈妈。奶奶的妈妈不让奶奶去，说发电厂有人参加这样的活动被国民党抓去杀害了。奶奶就警告妈妈别出去乱说，不然她也会被抓走。奶奶的妈妈被吓得再也不敢念叨了，奶奶照旧去参加活动。奶奶说她一直都不是一个听话的孩子。

1949年初，上海快解放了，工厂停工，夜校停课。很多工人都跑了。当时，上海有钱的人往香港跑，国民党的人往台湾跑，普通老百姓乡下有房子的就往乡下跑。奶奶的妈妈要带着她们姊妹俩回乡下。纠察队的人做奶奶的工作，让她留下来保卫工厂，迎接解放军。奶奶留在了上海。5月，上海迎来了解放。解放后，李枫参加了上海市公安局的第二期训练班，奶奶她们五个参加纠察队的工友，两个有病，剩下的两个年龄大的要求去，人家要了。奶奶也要去，但李枫说不行，年龄太小。奶奶就跟李枫闹，李枫没办法，就给奶奶多报了两岁，奶奶就也去了公安局训练班。当年，奶奶加入中国新民主主义青年团时报了实际年龄，结果人家说不对呀，奶奶这才知道李枫给她多报了两岁。

奶奶说当时上海公安局的领导都是军人，局长是杨帆，后跟潘汉年一起被冤为反革命，奶奶听过他作报告。当时公安局既管着社会治安，又负责反特工作。也就是说，既抓小偷，也抓特务。特务抓回来一般都是男同志去审，有一次抓到一个女特务，高高的个子，女扮男装，穿的西装，就让奶奶她们几个女的去搜身，从身上搜出了一些证件，没有搜到枪。

训练班在愚园路，原来是个学校，叫青白中学。7月份开学时天还很热，男的睡大通铺，女的用课桌拼起来当床。训练班的课程主要是学习怎么抓特务，怎么侦探，怎么盯梢。盯梢有一梢、二梢、三梢，特务在前面，跟在后面两米的，就是一梢，再往后马路对面的位置是二梢，如果一梢被发现了，就立刻走开，二梢跟上去，成为一梢，三梢则补到二梢位置。侦查主要是培养观察能力，观察东西的摆放，像花盆放在哪里，衣服是晾在外面还是收了回来，等等。奶奶实习时曾去一个特务家里蹲守，进去迅速用眼睛一扫，

图3 1949年，奶奶（前排左二）在青白中学参加公安局训练班时的留影，照片后面用钢笔标注着"青白中学.1949.12.20"的字样。

看他家里什么东西放在什么地方，什么东西都不让他动，也不让他出去，就在那等着来接头的特务，最后像钓鱼一样把来接头的特务钓到。奶奶他们出去一般是两个人，不单独行动。奶奶说像她那样的小个子，一棍子就能打晕，两个人也能互相照应。

就是在青白中学，奶奶留下了一张珍贵的合影（图3），照片后面用钢笔标注着"青白中学.1949.12.20"的字样。这张合影是奶奶在公安局训练班快毕业时照的，但合影上的人不是一个班的,而是平时关系不错。合影里两位穿军装的是军人,也是公安局的有关领导,奶奶还记得后排右二是区队长。奶奶说,当年参加公安局训练班的人员比较杂,绝大部分是上海解放后的失业人员,再就是初中毕业没工作的,不排除有的人是到那里去混饭吃。奶奶旁边的是曹惠芬(前排左一),是一起上夜校、参加纠察队的仁丰厂工友,比奶奶大两三岁,她们一起去参加的培训班。后来她分配去了派出所。十多年以后奶奶在南昌遇见她,还是感觉格外亲,原来她跟着丈夫去了三线厂。

17岁只身参军随部队北上

公安局训练班留下了很多令奶奶难忘的记忆,但1949年12月训练班毕业面临分配时,年龄问题再一次改变了奶奶的人生路。

跟奶奶一起参加训练班的两位仁丰厂的女工友都顺利地分配到了派出所,奶奶却因为年龄小,被安排回工厂。以奶奶的脾气和要强的性格,怎么能再回工厂呢。"人家都分配了,我自己回工厂,人家不知道我年龄小,还以为我犯什么错误了呢",奶奶坚决不回工厂。奶奶得知仁丰厂的一个职员参了军,通过他了解到解放军在光中厂那里

图4 1950年春,奶奶参军不久身穿列宁装的留影。

设了个征兵小组,于是二话不说,拎着个箱子就去了。1949年12月从公安局训练班毕业,1950年1月奶奶就参了军。

奶奶参军的部队,是中国人民解放军第二十六军,前身是大名鼎鼎的华东野战军第八纵队。负责在光中厂征兵的是二十六军政治部工作队。奶奶说,当时参军的大多数

图5　1950年夏,奶奶在上海浦东部队驻地身穿军装的留影。

是工人,也不用像现在这样查体,只要想参军就要。政治部工作队边征兵边组织参军的人学习。

当兵没多久春节就到了,当时奶奶的妈妈还在乡下。工厂放假了,奶奶的姐姐到表哥表嫂家过年。奶奶随后也去了,穿着套不合身的军装,好像还是男装。表哥笑话她,说你看看你姐姐穿的红棉袄多漂亮,你看看你穿的什么衣服。奶奶闻言当即对表哥说："别看姐姐的衣服漂亮,可是只要花钱就能买到,我这个衣服花多少钱也买不到。"

奶奶珍藏的照片中有一张身穿双排扣列宁服、头戴解放帽的(图4),就是参军没多久照的,当时已经脱了棉袄,列宁服应是春装了。当年发的夏装,女兵是连衣裙,戴的是大盖帽,学的是苏联。奶奶有三张穿着连衣裙军装的照片,是1950年部队北上之前在上海拍的,图5是其中一张。那时,部队没有固定的营房,后来到了浦东,住的是地主家的大院,其中奶奶和战友的合影(图6)是在操场边上拍的。

图6　1950年夏,奶奶(左)在上海浦东部队驻地与战友合影。

图7 1950年夏，奶奶（右）在上海浦东部队驻地训练场与战友合影。

估计地主家里原本不会有什么操场，应是部队进驻之后，为练兵临时开辟出来的，奶奶和她最好的朋友的合影（图7），就是站在一副双杠旁边拍的。

奶奶说她当兵之初，二十六军是准备去解放台湾的。当时二十六军军长的名字叫什么奶奶忘了，只记得都叫他

图8　留守山东曲阜期间，奶奶在当地照相馆拍的便装照。

"张疯子"（开国中将张仁初），政委是李耀文。当时所有的训练都是围绕着解放台湾这个目标，为了预防晕船和模拟登陆，训练项目设了打秋千、走独木桥（废铁轨架在两个土墩上）等。

但是到了1950年11月，部队突然接到命令，要北上抗美援朝。连冬装都没发，部队就前往天寒地冻的朝鲜战场了。奶奶因在浦东时得了疟疾，身体不好，年龄又小，被动员留守国内。穿着那身苏式连衣裙军装，奶奶跟着留守的队伍，从上海北上，经南京浦口，至滕县，到张店，最后进驻曲阜。

从留在上海保卫工厂、迎接解放军，到参军跟着队伍北上山东，奶奶一直没把行踪告诉在乡下的妈妈，已返回上海开工的姐姐在给妈妈写信时也只是说小妹在浦东学习。后来奶奶的妈妈回到上海，看小女儿老不回家，就说大女儿骗她，说小女儿肯定已经不在人世了。奶奶的姐姐就写信叫奶奶赶紧回去。实际上那时候奶奶已经跟着部队到了曲阜。部队有纪律，回家是不可能了，为了让妈妈相信她还活着，奶奶就在曲阜找了个照相馆，换下军装，穿上上海带出来的呢子大衣，摘下军帽，匆匆照了张照片（图8）寄回家。照片上，奶奶的头发上半部紧贴着头皮，发梢外翘，就是戴军帽压的。看到小女儿没死，还胖了，奶奶的妈妈这才放心了。后来有一个到上海学习的机会，部队上就让奶奶借这个机会回家去看看。看到久别的小女儿，奶奶的妈妈一下子就从她躺的床上起来了，病也好了一半。当时她和亲戚合租一个小房子，有病，再加上思念小女儿，成天躺在床上。

"可想而知我当时的心情……这也说明一个人的信仰能战胜亲情。"看着照片，83岁的奶奶无意间说出的话，让我明白，她这个曾经的上海滩童工，为什么能义无反顾地走上她选择的人生之路。

选自《老照片》第一〇六辑

父亲程玉西为什么没有去台湾

程天爵

1948年是中国现代史上十分动荡的一年,解放军已渡江,国民党政权已摇摇欲坠,上海的形势虽然也很紧张,但各地达官贵人与国民党的高官都向上海涌来,使社会呈现一片虚假的繁荣景象。

某一天,时任国民党上海中央日报社社长,同时还兼任中央通讯社上海分社社长和国民党中宣部特派员的冯有真,召集时任上海《中央日报》总编辑的程玉西、总主笔李秋生和总经理沈公谦到他家开会,经过会上研究决定把报社搬迁台湾,并立即派经理屠仰慈去台湾买房三幢,给报社三老总每人一幢,以安家小。不久屠由台返沪,并带来房屋照片与产权证明,后来报社为了安置一些中层骨干,又去台湾新竹购置六幢房屋。

冯有真为了筹划报社南迁，买了机票准备去广州，拜见已任广州市市长的孔祥熙。但因与孔关系不深，于是就约请国民党中宣部部长彭学沛一起赴广州，因那时彭还兼上海《中央日报》董事长，便一口应允，但一看冯手中的国航机票，就说："国航飞机不安全，我派人去买中航霸王号机票。"谁知就是这霸王号降临广州时，正下大雨，转飞香港降落，结果在距香港40英里处，飞机撞山失事，全机无人生还。

图1　1935年，父亲摄于上海。

处理完飞机失事的后事，报社失去了主心骨。当时南京已经解放，上海也危在旦夕，国民党虽在战场上节节败退，但高层仍扬言要坚守上海，所以国民党中宣部派副部长许孝炎，从台湾赶到上海，商讨社长人选，会中许孝炎很婉转地提出由他的亲信，当时国民党行政院新闻局局长邓友德来担任，我父亲年轻气盛，马上接口："何必舍近求远呢？在座的主笔李老就很合适啊。"当时造成冷场，隔了一会，许孝炎也顺水推舟应和:"好,好,那就由李兄担任吧!"这样李秋生就正式担任上海中央日报社的社长。

李秋生何许人也?他早期就参加共产党,在天津时期与周恩来同是学运领导人,是中共四大代表。当时四大代表仅20人,代表全国994名共产党员。李秋生后因不满共产国际过多干涉中国共产党内部事务与其他一些原因,而逐步脱离共产党。1937年七七事变后,由天津来到上海。那时他人生地疏,只认识由他介绍加入中国共产党、时为上海《大公报》的负责人王芸生。经王推荐,进入《文汇报》做撰稿与组稿工作。那时我父亲已由《大公报》调到《文汇报》

图2 1938年,父亲、母亲、大哥、大姐和两个叔叔的合影。

图3　1938年,父亲、母亲、大哥、大姐摄于寓所户外。

工作,李秋生来后他们一起工作,可是不久,为了不做汉奸,不受日本人控制,全体同仁签名登报被迫停刊。

　　国民党为了抗击日本独霸上海的宣传阵地,打开上海孤岛局面,重庆指示派驻上海的地下负责人冯有真、吴绍澍组建《正言报》,那时父亲就进入《正言报》任主任编辑,并把李秋生推荐给报社任主笔。太平洋战争爆发后,他们又撤退到安徽屯溪创办《中央日报(安徽版)》,抗战胜利后又一起回上海中央日报社,两个家庭私交也很融洽。

通过李秋生,父亲对共产党有了一些认识,当上海快要解放时,周恩来曾通过《大公报》的王芸生带口信给李秋生,叫他留在大陆,不必去台湾,但李秋生向我父亲讲了去台的无奈,并也理解我们家人员多,且大多是未成年子女,去台有很多实际困难。

前面曾提到冯有真派去台湾购房的屠仰慈,对我父亲影响也很大。屠仰慈早年加入共产党,曾在李立三领导下工作,任党支部书记,后来由于和他单线联系的上级成为托派,使屠与党组织逐步失去联系,后来在屯溪安徽《中央日报》与我父亲相识。到日本投降时,时任国民党中宣部东南特派员的冯有真,为了抢占上海舆论地盘,立即派我父亲和屠仰慈连夜赶往上海,接收上海报馆有关事宜,并率先在胜利后的上海出版了大报——上海《中央日报》。此后屠仰慈与我父亲也就成为十分信任的朋友与同事,因此后来报馆南迁之际,父亲私下决定不去台湾时,就是由屠仰慈联系上海地下党的。上海解放后,那时李立三任全国总工会主席,屠仰慈就被调往北京工人报社任经理兼报社印刷厂厂长。

父亲还有一位重要的朋友兼同事,那就是上海著名的剧作家柯灵,二人结识于《文汇报》,后一起在《大美报》任编辑,面对面办公。每晚后半夜编完报纸,并领了报社发给编辑的租车回家津贴,每人一块银元,二人因是同路,总是边走边谈,走回家去,省下车钱,补贴家用。每次走到静安寺附近,天已麻麻

图4　1941年,父亲摄于上海。

亮,路边早点摊已摆出来,于是两人照例吃顿大饼油条,然后各自回家休息。柯灵表面上是作家,同时也是共产党秘密党员,是中国民主促进会的实际创始人。抗战胜利后,父亲回到上海,就邀请柯灵进入上海《中央日报》任副刊编辑,柯灵经组织上同意,利用国民党主流大报,进行民主、和平的宣传,并培养团结了一批爱国青年,父亲对这些朋友的背景是有所知晓的,并也受到他们影响。

1948年底到1949年初的上海,形势越来越紧张,解放军已逼近上海,那时我家与上海中央日报社都笼罩在撤离上海、搬到台湾的气氛中,我父亲虽然不想去台湾,但

图5 1947年,我们一家与叔叔、婶娘一家在上海寓所合影。

表面上不能讲不去。那时李秋生已先去台湾了,我还记得李秋生的儿子李盛先,也准备去台湾,特地来与我父亲告别,父亲将抗战胜利后由国民政府颁发给他的"胜利勋章"和台湾的房产证明,交给了他,让转交李秋生,并说:"这些对我已没什么用了。"这已经表明父亲的决定了。

这时上海中央日报社社长、总经理都去了台湾,报社就由我父亲全面负责,经费十分困难,没办法父亲将报社库存的纸张卖掉一部分,方解燃眉之急。蒋介石也还没有忘记指示上海《中央日报》,要每天坚持出报,并派亲信雷震督办,并由雷震出面去中央银行拨款,维持发行。

父亲就是在那十分复杂的环境中,一方面维持局面,应付各方压力,另一方面也积极联络共产党地下组织,很快屠仰慈与地下党取得联系,传话过来:欢迎留下,保护机器,确保财产不受损失。在那迎接解放的日子里,也是险象不断,有时屠仰慈还介绍上海重要民主人士来我家过

图6　1949年,父亲在华东新闻学院学习期间。

夜，以防国民党特务杀害。

直到一天早晨，父亲照例去位于虹口的报社上班，而到外滩时，苏州河已被解放军封锁，两军对峙，无法过桥，只得返回家中，父亲感到上海马上就要解放了，就对母亲说："今天我不出去了，电话我一律不接，你就说我未在家中。"下午，家中电话忽然响起，静候一会，母亲拿起电话，只听见电话中传出："请程玉西马上赶到飞机场，最后一班飞机就要飞往台湾了。"母亲说："玉西早上出去后，一直没有回来。"对方马上挂了电话，在一旁的父亲长长舒了一口气。

第二天，上海宣布解放，不久上海军管会新闻出版处军代表张春桥来报社接收，当看见父亲及有关人员后，第一句话说："你们未走很好嘛！"事后留下驻报社军代表处交接事宜。不久父亲等大批新闻记者与编辑被统一组织到华东新闻学院学习，毕业后重新分配工作。

1949年，父亲调到交通部下属的人民交通出版社工作；"文化大革命"期间返乡，在江苏省盱眙县中学从事教育事业30年；后任盱眙县政协副主席，直至离休。

2014年8月16日，父亲逝世，享年104岁。

选自《老照片》第一一〇辑，图文有删减。